藥師少女的獨語
6
日向夏
Natsu Hyuuga
illustration しのとうこ
（這下該怎麼辦呢？）
貓貓也覺得
得找到點什麼
才說得過去。

「王……王總管？」

王氏空著的手抓住他的下頷，
並用拇指按住下唇。
「安靜。」
「王、王……」
馬閃的臉色變得鐵青。

里樹
搖頭拒絕，然後把桌上的膳食掃到地上。
「我不要，我不要，我不要！」

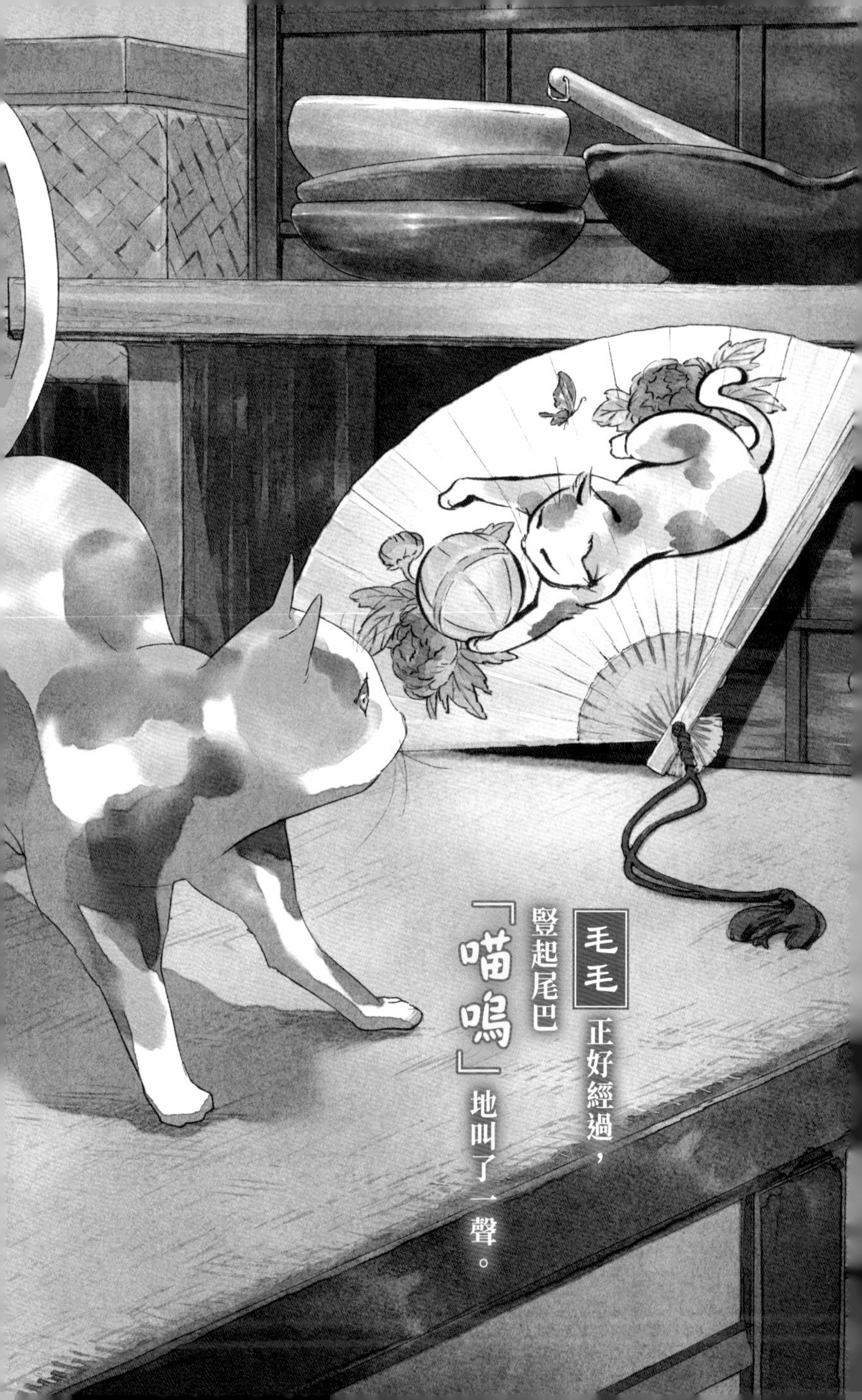
毛毛正好經過，
豎起尾巴
「喵嗚」地叫了一聲。

「娘娘有沒有受傷？」
「為什麼……」
里樹
再也說不出話來了。
只有這個滿身是傷的青年笑容，
占滿她漸漸在淚水中暈開的視野。

藥師少女的獨語

INTRODUCTION

關係產生變化。

壬氏與貓貓——
以求婚為契機，兩人的關係將產生巨變。
另一方面，里樹妃不只被懷疑為私生子，
又因另一件事受到猜疑而遭到軟禁。
以此為契機，她與某位青年的關係也將逐漸改變。
貓貓感覺青年的態度並非只是見義勇為，
而是對里樹妃有著更深的某種情感。
但那卻是萬萬不能對皇上的上級妃懷抱的感情。
西都的新娘自盡案、當紅畫家食物中毒、在湖面上行走的仙女……
隨著這些事件水落石出，環環相扣的謎團也漸漸得到解答。
究竟是誰企圖加害於里樹妃？
而壬氏與貓貓之間又會如何發展？
第六集一樣讓人不忍釋卷！

藥師少女的獨語 6

日向夏

Kadokawa Fantastic Novels

目錄

藥師少女的獨語

目錄

6

彩頁、內文插畫／しのとうこ

人物介紹

貓貓……煙花巷的藥師，對藥品與毒物有著異常的執著。十九歲。為煙花巷娼妓與軍師羅漢之女。

壬氏……原本以宦官身分潛入後宮，真實身分其實是皇弟。容貌美得不像人間所有。本名華瑞月。二十歲。

馬閃……壬氏的貼身侍衛，高順之子。平素個性一板一眼而有些糊塗，但武藝方面的才能令人驚嘆。

羅漢……貓貓之父，被貓貓喚作怪人軍師、單眼鏡怪人以及那個老傢伙等等。

羅半……貓貓的堂兄，羅漢的養子。喜愛算術與美人。

羅門……貓貓的養父，羅漢的叔父。雖是位偉大的醫官，但天生命途多舛。

里樹妃……後宮四夫人之一，性情怯懦而紅顏薄命。十六歲。

阿多……前四夫人之一，女扮男裝的佳麗。

玉葉后……皇帝正室，西都出身的玉袁之女。紅髮碧眼的胡姬。

老鴇……原為娼妓，現為綠青館的管事嬤嬤。愛財如命。

三姬……綠青館的三位當紅名妓，分別是白鈴、梅梅與女華。

趙迂……子字一族的遺孤，半身麻痺並失去了從前的記憶。擅長繪畫。

右叫……綠青館的男僕領班。雖然個頭中等並相貌平平，但做事貼心，很得娼妓們的歡心。

左膳……原為農民，於子字一族之亂後逃到了京城來。目前正在學習成為藥師。

梓琳……綠青館的小丫頭，無法說話。被趙迂當成小妹。

玉袁……玉葉后之父。雖是掌理西都的高官，但尚未獲得皇帝賜「別字」。

卯柳……里樹妃之父。將里樹妃養大，但對她沒有半點父愛。

序話

今宵又是個冷得徹骨的夜晚。

壬氏看著嗶嗶剝剝爆出火星的火盆。馬閃在一旁添木炭。

西都的夜晚很冷，與白日的炎熱天氣截然不同，這種冷熱變化會讓一些人生病。壬氏雖然尚不習慣沙漠地帶的夜晚，但這種寒冷反而正合他現在的需要。

壬氏面帶愁容躺在羅漢床（沙發）上，桌上放了用蜜漬柑橘沖泡的熱水。他雖然口渴，但沒心情喝飲料。因為他還不想消除留在唇上的餘韻。

壬氏輕撫有些乾渴的嘴唇，用指尖滑過某種痕跡，確認大約半個時辰前確實觸碰過該處的某種感覺。身體有些發熱，同時有種悶悶不樂的情緒鬱結在心頭。

闔起眼睛，那光景就清清楚楚地浮現在腦海裡。

那張容顏從上方俯視著壬氏，幾乎只有星光可為照明。那時明明看不清楚，記憶卻莫名鮮明。平素慵懶地睜開的眼睛有些陰翳，但那嘴唇卻水潤而發亮。潤澤的唇上連著銀線，然後它從中斷開。這表示行為已經結束，讓壬氏雖感到戀戀不捨，同時卻也鬆了口氣。

然後，他後悔了。

對方依然顯得游刃有餘，既沒有染紅雙頰，也沒有羞澀地別開目光。她只是冷靜地注視著壓在身下的男子，然後伸舌舔了舔嘴唇。斷開的唾液銀線就這麼被她舔掉，沒有品嚐那股餘韻，好像若無其事似的，把痕跡消除得乾乾淨淨。她那嬌小的身子，跨坐在壬氏比她大上一倍的身體上，她的手放在壬氏的心臟上方。壬氏的心跳聲，被她單方面地摸透了。

她摸到那怦咚怦咚跳得又重又快的心臟，不知作何感想？

結果一目了然。髮絲被風吹動，清涼地搖曳。她瞇起眼睛盯著壬氏瞧，嬌豔的嘴唇描繪出弧線。

『哎呀，這樣就結束啦？』

她明明什麼也沒說，壬氏卻好像聽見了這句話。她笑得從容自在。

那代表了壬氏的敗北。

回想起那事，壬氏只能渾身弛緩地垂頭喪氣。

壬氏想扳回一城，但藥舖姑娘卻好像沒事似的說：「小女子失禮了。」然後逕自離去。

似乎是姑娘的堂兄閣下在找她，她那種態度就好像跟壬氏已經沒話好說。

被蚊子叮的反應都還比那大。

連當成瘋狗咬人都不用。

回到現實，壬氏大嘆了一口氣。

「壬總管，微臣還是覺得您似乎身體不大舒服。」

隨從馬閃對壬氏如此說了。壬氏如果否認的話必定會引來一頓追問，但若是說「對」，馬閃又一定會堅持要照顧他而不肯離開房間。

壬氏每次都覺得，自己在這種時候明明很想一個人靜靜，但馬閃在這方面偏偏就是不像他父親高順，莫名地不貼心。

不過馬閃他今天感覺也有些反常，總覺得臉有點紅。與其說是面色紅潤，毋寧說比較接近因興奮而漲紅，也許是與獅子搏鬥過的關係。他的右手纏著白布條，是握過鐵柵條的那隻手發炎了。當時藥鋪姑娘眼尖地瞧見，淡定地下診斷說：「骨折了。」但她心裡想必對反應過度遲鈍的馬閃起了疑心。

「……馬閃，我想你今天也累了，早點去歇息吧。」

「不，萬萬不可。畢竟才剛發生過那種事，要是有個萬一就糟了。」

馬閃一板一眼地說，但壬氏真希望他能多體察一下自己的心思。

壬氏端起蜂蜜水但不喝，只是用來暖手。即使壬氏換上寢衣躺到床上，馬閃還是不會離開房間。房間裡有另一張羅漢床，上面擺著可當枕頭用的引枕。

壬氏沒有睏意，而馬閃似乎也覺得無法成眠。

不知是擊倒了巨大猛獸造成的興奮，還是完全不同的別種情緒所導致；馬閃不只像平時那樣皺著眉頭，連嘴唇都歪扭地皺成一團。先是好像想起某事般連連眨眼，接著又突然搖頭否定，非常可疑。

人性的不可思議之處，就是看到別人比自己更慌張時，能莫名地冷靜下來。

壬氏大大做個深呼吸。繼續這麼下去不是辦法，他試著讓自己定了定神。今宵的宴會雖已結束，但明日還有別的會談。

只是，壬氏覺得獨自窩在屋裡，無助於整理思緒。

「馬閃。」

「壬總管有何吩咐？」

馬閃用化名稱呼壬氏，壬氏也喜歡這樣，覺得輕鬆省事。如果他不願像兒時那樣用本名呼喚自己，那不如就用這個名字吧。

「你曾經在心眼上鬥贏過別人嗎？」

坦白講，選馬閃作為商量對象是選錯人了。不過，壬氏並不是真要他回答。若是自始至終自問自答，他擔心會讓問題在腦中無益地空轉，所以才把話說出來。馬閃不用聽懂，只要隨聲附和就夠了。

「呃……什麼樣的鬥法？自從來到這裡之後似乎有過不少次。」

的確來到西都之後，是有許多女子來找壬氏攀談過。但是被問到是哪一次，他還真不想開口。

「別把話說破啊。」

馬閃蹙起眉頭。

「請原諒微臣的立場不如壬總管，不常遇到那種場面。雖然今後可能不得不面對就是。」

目前應該是沒有。自從壬氏進入後宮後，一年只能見到這奶兄弟幾次，但仍然很清楚他的心性。這個男人不擅與女子相處，對方越是嬌弱細嫩，他越是不喜接觸。之所以跟藥舖姑娘還算講得上話，表示他在這方面對那姑娘沒有特別感情，但壬氏不知這該算是好還是壞，心情五味雜陳。

馬閃倒也不是討厭女子，可以說他的此種特質是受到了兒時經驗的強烈影響。是這小子特有的體質導致的不幸。

對於壬氏的詢問，馬閃摸了摸下巴。

「只能說得看對象。微臣也有許多不擅應付的人，而且也得視狀況而定。無論對手如何了得，有時狀況也能改變勝敗趨勢，反之亦然。以壬總管來說，您一次必須應付多人，負擔想必很大吧。」

「什麼一次應付多人，你太看得起我了。」

沒想到馬閃會交出這麼像樣的答案。壬氏被他講得活像個色魔，不禁面露苦笑。這讓他想起，最近馬閃常常代替高順前往煙花巷，也許是在那兒有了些實際經驗。畢竟那家青樓有個很能做生意的老鴇，說不準也給馬閃推薦了個姑娘。

壬氏用複雜的表情看看馬閃。

的確，綠青館是高級青樓，娼妓的水準也高。馬閃雖不擅應付嬌滴滴的姑娘，但對女子卻有一番理想。假如有位知書達禮又擅長掌握男人心的娼妓對他誘惑一番，說不定意外容易地就一見傾心了。

壬氏吞吞口水。

「……馬閃，你在綠青館發生了什麼事嗎？」

「總、總管怎麼忽然這麼問！」

馬閃明顯地變得驚慌失措。這小子很不會說謊，坦白講，在政事方面實在稱不上是個優秀的副手。只是他的這種個性，有時反而能幫助壬氏恢復鎮定。

「沒有發生過什麼。況且微臣該硬的時候還是會硬起來的……」

「該硬的時候還是會硬起來」這句話讓壬氏莫名地不安，不過的確，馬閃做事向來是當行則行，這點應該不需懷疑。

壬氏再度吞了口口水，心想得對這個奶兄弟刮目相看才行。

「倒是壬總管怎麼會問這個呢？」

「沒什麼，不過是有個無論如何都想贏過的對手罷了。」

壬氏難以啟齒地說了。他可沒神乎其技到能一次應付多人，很想請馬閃別過度吹捧他。

「孤本以為說來說去還是自己比她行。孤對自己太有自信，以為對方只是嘴巴會講，實踐起來還是孤厲害。結果這份自信被徹底砸碎了，孤現在是可悲地一敗塗地。」

別看壬氏這樣，他多少也是有點自信的。他待在後宮六年，其間找上他的宮女不計其數，而壬氏總是握有優勢。他也妄自尊大地以為，女子不過都是他的掌中之物。

馬閃聽壬氏此言，神情嚴肅。

「能讓總管說成這樣，那必定是箇中好手了。」

「……是啊。」

所幸馬閃還沒厲害到能聽出對方是誰。

「孤跟她因為一點瑣碎小事吵架了。孤主動出招，然後被殺個大敗。」

馬閃一瞬間偏了偏頭，「喔。」然後兀自露出恍然大悟的表情。

「大敗……總管您嗎？竟然發生過這樣的一場爭鋒？對方是哪裡的無禮之輩？」

沒想到馬閃會指出這一點。壬氏很意外馬閃竟然知道所謂的爭鋒吃醋，但這樣說或許是把他看扁了。不過那個男人好像是叫陸孫吧，看起來是個儒雅小生，卻小看不得。不愧是軍師羅漢的直屬部下，但壬氏該擊敗的對手不是他。

「沒想到那場宴會當中，竟有人能讓壬總管認輸。」

馬閃用心事重重的神情喃喃說道。

「別再捧孤了，孤明白自己還是個毛頭小子。對方就像一株柳樹，孤感覺怎麼做都是白費力氣，無論如何進攻，她都像是不痛不癢。」

問題在於如何改變不成熟的自己。以方法而論，或許也只能多多練習了。

可是畢竟是這種事情，要實際練習心裡總有顧忌。既不能找其他女子當練習對象，但是為了沒有後顧之憂而逛青樓又不太對。

面對這樣的壬氏，馬閃說出了意想不到的一句話：

「不知微臣能否幫上總管的忙？」

「……突然說什麼啊。」

壬氏差點沒把手裡的茶碗弄掉到地上。

這小子應該不好男風才是，這點壬氏很清楚，本以為他絕不會說出這種話來。但馬閃卻接著說：

「微臣明白自己的實力終究不足，也十分清楚論技巧是壬總管在微臣之上。只是即使如此，與其空耗時間心煩意亂，竊以為不如實際練習才有進步，因此斗膽進言。」

「馬閃……」

說得確實不錯。而且如果對手是馬閃，就某種意味來說或許不算數。莫非他也是考慮到這點才進諫的？不，可是等等，好像有哪裡不太對。

「技巧姑且不論，微臣自認為體力過人，也禁得起打擊。」

「體力……呃不，不用到那種地步啦。」

壬氏可沒辦法跟馬閃玩到那種地步，他敬謝不敏。難道是在綠青館學到了什麼奇怪的把戲？真讓壬氏深感不安。這事也許該跟高順通報一聲。

然而，馬閃的雙眼卻真摯地看著壬氏。直到剛才還泛紅發熱的臉龐，此時似乎因為另一種原因而顯得情緒亢奮。

「總管只要當成是練習就行了。微臣不是本人，總管只管把我想像成那人，訓練自己即可。」

「……」

壬氏考慮片刻後，採取了行動。他把茶碗放到桌上，從羅漢床上站起來。

他慢慢地站到馬閃面前。

「要換個地方嗎？這兒地方不會太狹小了嗎？」

「不，這兒就行了。」

反正也不需要用到床。壬氏不想讓任何人瞧見，所以最好能在這房間裡完事。

馬閃的個頭比壬氏矮個兩寸。壬氏很希望他能再縮小個七寸。

隨著壬氏的臉孔逼近，馬閃則是正好相反，步步後退。這可妙了，這個反應跟本人還挺像的。

「壬總管？」

「很好，就照這樣繼續。」

「呃……對方是空手嗎？」

「是空手，孤也是空手。」

講到這個，壬氏知道有些人辦事時會使用玩具，但沒想到馬閃會在這種時候提起。看樣子絕對是在煙花巷學到了奇怪的把戲，或許還是別告訴高順比較好。

既然如此，壬氏也不用再有所遲疑，不需要笨拙地顧慮太多。

隨著壬氏步步逼近，馬閃也拉開距離。雖然動作沒藥舖姑娘那麼柔能克剛，但倒是習武之人該有的敏捷身手。

「壬總管？」

「對方基本上不會出招，只是以牙還牙罷了。」

「用這種方式將壬總管……」

馬閃一臉戰戰兢兢地回看壬氏時，背已經快貼到了牆上。至今壬氏每次都能成功將她逼到牆邊，說這招是他的拿手絕活或許不為過。

就在馬閃的背只差一點就要碰到牆壁時，壬氏咚的一聲，把手拍到了牆上。

「壬……壬總管？」

「安靜。」

壬氏加強想像，告訴自己眼前的人不是奶兄弟，而是該擊敗的對手。壬氏必須趁她那張明明寡言少語，卻總在特定時刻變得伶牙俐齒的嘴巴繼續講些歪理之前進攻。壬氏空著的手抓住他的下頷，並用拇指按住下唇。

「壬、壬……」

馬閃的臉色變得鐵青。仔細一瞧，他渾身上下都在冒冷汗。

明明是他主動引誘的，看起來怎麼一點也不平靜？反而像是面對意外情況而慌了手腳。

莫非兩者之間的理解，有著某種決定性的誤會？

當壬氏察覺到這點時，事情已經太遲了。

也許兩人都太緊張了，竟然完全沒發現房間外頭有人在說話。伴隨著好大的「砰！」一聲，房門被大大推開來。

「好久沒一起飲酒了，有個有趣的獵物落網……」

英氣凜然的中性嗓音響起。

「啊！阿多娘娘！」

一位男裝麗人推開慌張失措的護衛，走進房裡來。看樣子她已經有了幾分酒意，一股濃重的酒味飄來。她從待在後宮的時候就是如此，動不動就愛找壬氏喝酒。可能是因為喝醉了的關係，有點接近硬闖。

然而，目前的狀況實在太不合宜了。

壬氏整個人覆蓋在被他逼到牆邊的馬閃身上，正在撫摸他的嘴唇。不管怎麼看，都像是正在疼愛情人的場面。馬閃臉色鐵青，滿頭大汗。

兩名原本試著阻止阿多的護衛以手掩住眼睛，從指縫間偷看。

阿多也差不多，一副目瞪口呆的模樣。

「……原來如此，還的不見得是花啊。沒錯，看來是我誤會了。」

阿多只留下這句話，然後直接往後退，關上了門。

「……」

經過片刻沉默後，兩個大男人的慘叫在深夜的楊府迴盪。

晚他可能是太過亢奮，手都骨折腫脹了卻還一臉若無其事。遲鈍也要有個限度。

馬閃頓了頓之後，從懷裡掏出一只布包。放在桌上打開之後，裡頭還有個油紙包。一打開紙包的瞬間，貓貓不禁身體後仰捏住了鼻子。

紙包裡是個陶瓶，散發出強烈的惡臭。

「……這該不會是香水吧？」

貓貓有聞過這種臭味，就是昨晚赴宴之際，里樹妃身上發出的臭味。

「這是在哪裡拿到的？」

「這個嘛。」

馬閃露出五味雜陳，同時壓抑著怒氣的神情。

「是阿多娘娘拿來的。」

「阿多娘娘怎麼會有這個？」

「說是阿多娘娘的貼身侍衛碰巧找到的。半夜裡，由里樹妃異母姊姊的侍女帶在身上。那侍女似乎是出來散步，不知怎地卻被野狗追著跑，碰巧得到侍衛搭救。」

（**碰巧**搭救是吧……）

正好碰上那種場面的機率不知有幾成。更何況在這種遠離都城的地方，縱然是侍女應該也不會隨意外出走動。

比較合理的猜測是，阿多從一開始就派人監視著可疑人物。不過這就不用特地說破了。
「野狗異常亢奮，明明還有其他人在場，牠卻一股腦地只撲向侍女。」
「而原因就出在這香水上？」
貓貓用手絹摀住鼻子，捻起香水瓶。瓶子是陶器，並不怎麼稀奇。用來當成香水瓶太缺乏裝飾色彩，要找到出處恐怕是件難事。
「這麼說，昨晚潑在里樹妃身上的香水，應該就是異母姊姊的東西沒錯了吧。而此種香水具有能讓動物亢奮的功效……」
「我看八九不離十了。」
照那個異母姊姊的個性來想，買來惡整妹妹倒是有可能。但是那個異母姊姊有恨里樹妃恨到要除掉她嗎？而且就算有這個動機，貓貓還是不認為光靠那個異母姊姊與她的侍女，能找到幫手對獅子的獸籠動手腳。
貓貓思考一下里樹妃父親卯柳作為幫凶的可能性。這樣還是有疑點，因為做法實在太拐彎抹角了，應該多得是更簡便的法子才是，最重要的是壞處太大了。貓貓雖這麼想，但為了慎重起見還是得做個確認。
「換言之，侍衛認為她的異母姊姊是犯人嗎？」
「……無法如此斷定。但照目前這樣下去，就會這麼定罪。」

馬閃的說法含糊不清，難得聽他這樣講話。貓貓還以為照他的個性會更直截了當地高喊：「該當何罪！」

「娘娘的異母姊姊說，她只是想惡作劇一下。又說香水也是數日前在街上認識的人讓給她的，人家告訴她灑上它會引來壞男人，可以用來整人。她說她無意讓獅子去咬娘娘……」

異母姊姊承認她對里樹妃有惡意，但沒做出放獅子咬人的事來。倘若從這點來思考，又會出現何種可能性？

「因為假如她對獅子獸籠動了手腳，就不是一句惡作劇能了事。」

而且當時除了里樹妃之外，還有許多權臣顯宦在場。換言之，那樣做會讓他們也身陷險境。如果只是針對娘娘下手，那還有掩飾的餘地。再加上她們是一家人，這方面有很大一部分會交由里樹妃裁奪。雖然不能保證可以脫罪，但或許能夠從寬處置。

「是啊。再這樣下去不只異母姊姊，就連卯柳閣下或里樹妃也會遭殃。」

「只是他們遭殃就沒事了嗎？」

毋寧說根本要殃國禍家了。此次宴會有眾多外國權貴到場，難保不會演變成邦交問題。恐怕沒有簡單到異母姊姊一人受刑就能平息此事。

貓貓確認性的詢問，讓馬閃露出有苦難言的神情。

「為什麼里樹妃總是如此不幸？」

這句既像疑問又像自問的話語，該如何回答才好？貓貓保持沉默。

（也許她天生命薄。）

貓貓很討厭什麼都用命運二字來解釋，但她覺得常常有人就是福星高照，或是老走霉運。貓貓看到養父羅門，就難免會這麼想。養父比任何人都優秀，比任何人都有智慧，卻不知怎地就是不受命運眷顧。羅門如今回到宮廷開始擔任醫官，但聽說多虧於此，狐狸軍師常找機會跑去妨礙他當差。連信裡都提到了，可見真的是煩不勝煩。上次信裡還提到藥櫃被整個打翻。一個人怎麼能倒楣成這樣？貓貓實在覺得很不可思議。

「如果就這樣撒手不管，娘娘豈不是太可憐了？」

（他還真是站在娘娘那邊。）

貓貓叫自己別把這種事說出口。一旦察覺到不該察覺到的某些事情，貓貓將會給自己惹來麻煩。

只是，娘娘本身也不是沒有問題。基本上來說，她只是隨波逐流。貓貓能體諒她接受的就是這種教育，一輩子也是這樣活過來的，所以情非得已。只是，貓貓想起那個來到煙花巷自願成為娼妓的姑娘。她認清了待在父親身邊沒有前途，為了養活妹妹，也為了自己爬出泥淖而來到煙花巷。說來說去，其實貓貓並不討厭那種性情。

（娘娘要是能有那一半的氣概就好了。）

貓貓覺得若是如此，她就不會受到異母姊姊那樣百般欺負，或是在後宮受人蔑視了。
開場白且先講到這裡，貓貓必須問問馬閃來找她的理由。
「那麼，小女子該怎麼做呢？」
「……嗯。」
馬閃從懷裡掏出一張紙來。看起來像是懸賞圖，但貓貓偏頭不解。
「畫這圖有意義嗎？」
「所以我才在傷腦筋。她說是這個女人把香水讓給她的。」
畫在紙上的人物，看起來確實像是女子。之所以說「像是」，是因為臉被面紗遮住，只看得見眼睛。因此，紙上畫的是全身圖。只有衣服的特徵倒是畫得清楚，但只要換件衣服就沒用了。
「她是商人嗎？」
「不，異母姊姊說是在街上買東西時，對方主動攀談。」
（在街上啊……）
貓貓一面心懷疑問，一面聽馬閃怎麼說。
「她說這個女人宣稱自己是香水販子，向她兜售了各種物品，這就是其中之一。」
對方說此種香水能夠吸引郎君，但必須注意使用方式。還說直接使用原液的話氣味太臭，有人會用來惡作劇。異母姊姊似乎是因此才起了整人的念頭。

「她這說法很含糊不清呢。」

「是啊，難以下判斷。最重要的是，要找到這個香水販子恐怕很難。」

貓貓瞇起眼睛凝視懸賞圖。西都風格的服裝為了阻擋沙塵而很少暴露肌膚，看不見身體特徵。

但是，貓貓眼尖地看出了一點。

「這張懸賞圖，衣服明明畫得很簡略，卻只有鞋子的裝飾畫得格外精細呢。」

聽貓貓這麼說，馬閃也盯著畫像瞧。

「經妳這麼一說的確如此。還有與身體的大小相比之下，腳的大小似乎有點奇怪。」

整個身體明明畫得很正常，卻只有雙腳好像經過變形般被縮小。

「……莫非這是做了纏足？」

「纏足嗎？」

纏足指的是強行使腳纖小的行為，後宮也有部分宮女纏足。此種習俗多流行於北部，但在這個地區就不知道了。異母姊姊之所以沒特別多想，可能是因為纏足並非太稀奇的行為。

「能否請侍衛針對懸賞圖再確認一遍？」

「知道了。」

馬閃拿著懸賞圖正想離開房間，卻好像想起了什麼事情，轉頭看向貓貓。

「對了。」

「什麼事？」

「壬總管從昨晚就顯得不大對勁，妳知道些什麼嗎？平時總管應該會直接過來，但這次就如妳所見，是讓我過來。」

「……」

「妳有聽說總管跟誰比試之類的嗎？」

貓貓悄悄別開了視線。想也知道，若不是他吩咐，馬閃絕不可能像這樣來找貓貓。

「誰知道呢？也許是長途旅行累了吧。」

貓貓裝傻說道。

馬閃不到兩刻鐘（半小時）就送來了報告。

聽說異母姊姊跟侍女都一再強調「跟我無關，我沒有那個意思」，但坦白講，貓貓管不著。馬閃似乎為這事氣惱不已，回來時一副吹鬍子瞪眼睛的表情。

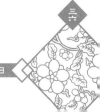

「跟妳說的一樣。」

看來那人果然是纏了小腳，聽說她那形狀特殊的鞋子讓異母姊姊印象深刻。而她雖然沒提起這點，在畫懸賞圖時，卻下意識針對印象深刻的部分做了更細微的說明。

「既然有纏足，這下可以減少不少嫌犯了。」

「我想可以減少到只剩幾人。」

「真的嗎？」

國內纏足的習俗大多偏於北部地區，貓貓記得西方正好相反，幾乎沒人這麼做。因此在西都纏足的人，應該可以限定為北部出身者，或者是在幾代之內遷徙至此地的族群。

「我想應該是家裡原本就有此種習慣的人吧。」

馬閃聞言，露出訝異的神情。

「我問個問題，有沒有可能會是旅人？」

貓貓搖頭回答這個問題。

「若是這樣的話，那必須是像里樹妃那樣能乘車輿代步的富家千金才行。」

從北部到西都的路途遙遠。在纏足使雙腳變形的狀態下，光是徒步走在沙地上都有困難。貓貓也是，雖然幾乎都乘馬車移動，但有些時候也得下馬車步行。纏足必須自幼就勉強把腳纏小，而且得纏一輩子才不會變大。她們每隔幾日就得給腳消毒，貓貓也曾經賣酒精給纏足的娼妓。

因此在西都出生並接受纏足之人，家裡如果延續這種習俗，那家境應該頗為富裕。

「妳確定嗎？」

「小女子無法為此負責。小女子只不過是針對侍衛所提出的線索，指出最大的可能性罷了。」

貓貓無法達到完美要求。倘若馬閃只能接受正確答案，那貓貓也只能閉起嘴巴，宣稱自己一無所知了。

「……我知道了。」

馬閃無奈地回答後，就離開了。

貓貓打個呵欠，坐到床上想睡回籠覺。

（這樣解釋還是不夠完美。）

貓貓也覺得還有幾個疑點。例如里樹妃那個看起來趾高氣揚的異母姊姊，面對初次見到的人，會不僅閒話家常還買東西嗎？

還有一點，就是那個香水販子怎麼會認識娘娘的異母姊姊。說成偶然也未免太巧了。

（唔嗯。）

貓貓決定先補眠再說。睡眠不足會讓頭腦不聽使喚。

她一躺下來，放在懷裡的簪子就很礙事。她本想拿出來，卻又不想放在眼睛瞧得見的地方。

「……」

貓貓翻個身轉向另一邊，就這樣閉上了眼睛。

二話　飄浮的新娘　上篇

貓貓醒來時已經到了傍晚。她本來預定今日要上街買東西，人家告訴她只要讓護衛跟著，離開府邸也無妨；但昨晚的騷動讓事情告吹，況且她也變得不太有那個興致。

經過大睡一覺，醒來之後只剩下難以言喻的倦怠感。

（啊！）

貓貓看看皺巴巴的衣服，反省自己不該沒換寢衣就睡覺。總之她先喝點水滋潤乾渴的身體。水瓶裡的水雖然不夠清涼，但加了柑橘，喝起來清爽暢快。

（晚飯不知道會怎麼吃？）

貓貓決定先到房間外頭看看再說，於是把裙裳的皺摺拉平。弄到看起來尚可的程度後，她走出房間。

結果正好碰上從走廊走來的壬氏與馬閃。

（……）

一般都認為貓貓是個粗神經的人，但是碰到此種狀況，她也不免覺得尷尬。昨夜她對壬氏使出了那些招數，後來卻拿羅半在找她為理由，丟下他說走就走。但即使尷尬，她也不能再躲回房間裡。

走過來的壬氏神情莫名地嚴峻。他眉頭皺得簡直跟高順一樣，兩眼死瞪前方，而那視線似乎對準著貓貓。但那也只是一瞬間的事，他的神情旋即恢復平靜。身旁的馬閃似乎還是覺得不對勁，一臉不知所措地看著壬氏。

壬氏一邊發出喀喀腳步聲一邊走近。

（在這種時候，該怎麼做才對？）

沒閒工夫考慮了。總之貓貓除了照平常方式與他相處，也不能怎麼辦了。

貓貓低頭行禮，然後抬起頭來。

「總管有何吩咐？」

本來身為下女，應當等壬氏開口之後才回話。只是以這次的情況來說，貓貓認為自己最好先開口。

壬氏歪扭著嘴唇，流露出一種五味雜陳的複雜表情，但那是旁人看了不見得會發現的細微程度。

「抱歉事出突然，但孤要妳立刻換衣服，跟孤一同外出。」

壬氏只留下這句話，就從貓貓身邊走過。壬氏身後有幾名下女，捧著衣箱深深鞠躬。

「是。」

在這種情況下，除了答應別無選擇。

換好衣服後，他們隨即讓貓貓坐上馬車。壬氏與馬閃也換了衣服，已經在車上等她了。

貓貓瞄了四周幾眼。這次來到此地，她基本上應該都得與羅半一起行動，現在這樣單獨與壬氏他們同行不知妥不妥當。

「因為人家請的是**我**。他們還為此調整了日程，我不便不去。」

壬氏雖然另有心事，但似乎還有正常說話的理智。貓貓很慶幸他在這方面夠成熟，只是他用的自稱似乎別有含意，讓貓貓很是在意。

「這回要去哪兒呢？」

「某戶人家的婚宴。」

怎麼又是宴會？貓貓雖不禁如此想，但這大概也是公務之一吧。

「我本想回絕，但對方說是喜事，無論如何都要我赴宴。再說……」

「再說？」

壬氏向馬閃使了個眼神。馬閃拿出方才給貓貓看過的懸賞圖。

「聽聞嫁女兒的人家原本是北方出身，在戌字一族遭到滅族時，朝廷召了幾個家族來管轄此地，他們就是其中一家。」

戌字一族本是治理西都的家族，聽說於女皇時代被滅。這樣算起來，這個家族應該是在數十年前遷至此地。

「據說女兒裹了小腳。」

貓貓得到了一如預期的答案。

「除了那家女兒之外，沒有別人纏足了嗎？」

既然建言是貓貓提出的，這方面就得弄清楚。她不能憑一己之見擅自把某人當成犯人。

「另外還有數人，那個女兒的侍女也有一人纏足，但問題是她的結婚對象。據說是砂歐之人。」

「原來如此。」

獅子是一群砂歐人帶來的。既然這樣，他們或許也能在獸籠上動手腳。

「最重要的是，明日那個女兒就要出發了。」

說是今日舉行婚宴，翌日就要前往夫君的國家。

「不會太趕了一點嗎？」

「也有可能是考慮到那件事，才這樣安排日程的。」

所以他們帶貓貓來，就是為了要她找出些蛛絲馬跡。

「若是找不到呢？」

「那我就得想其他法子。我的逗留期間可能得延長。」

壬氏臉上寫著「希望不要」。他離開京城已經將近一個月了，作為皇弟的公務想必是堆積如山。

即使如此，他還是得找到證據。

「說不定也會影響到卯字一族。我希望事情不致如此。」

「小女子沒有自信能找到證據。」

只有這點貓貓必須先說清楚。

「我明白。」

壬氏說完就望向窗外，再也沒有轉向貓貓這邊。

抵達的府邸，又是一處依傍水源的宅第。建築形式與玉葉后的老家相比別有情趣，比較偏向京城風格。樓房或庭園的結構都與京城十分相似。

穿過大門，沿著石板路前進，首先會看到兩側有流水。柳枝在四下清涼飄拂，紅柱黃瓦的涼亭分散各處。大池塘裡漂著荷葉，水面時不時地掀起漣漪。當小石子落進水渠時，有魚兒發出啪唰啪唰的巨響。

（是鯉魚啊。）

鯉魚是一種強壯的魚，但沒想到連這樣的乾燥地區也有人養，讓貓貓很是佩服。

「是戌字一族留下的吧。」

這戶人家是在那個家族因豪奢放逸而被滅之後，來到此地作為後繼，那麼當然也有可能直接接收前任官員的府邸。

這宅第是夠氣派，卻隱約給人悲涼之感。相較於玉葉后的娘家玉袁府洋溢著活力，此處總感覺比較僻靜。

在渡過池塘上的小橋時，前面有位人士必恭必敬地鞠躬。

「微臣迎接來遲，望乞恕罪。」

對方如此說道，恭敬地向他們致意。看來應該是這戶人家的主人，是個微胖且髮線稍稍後退的人物。身後站著的女子似乎是他的夫人，腳很小，收在形狀奇異的鞋子裡。

「若能得夜君為小女祝賀，將是小女的萬幸。」

（夜君啊。）

說的應該是壬氏了。國內能直呼他本名的人有限，之所以有此稱呼，似乎來自本名中有個「月」字。

「那麼請各位移駕至前面的宴席。」

說完，主人將一行人請到前方。

涼亭裡鋪著毛氈，池塘裡放了小舟與燈籠。現在還是夕暮時分，等天色暗下來後想必會是如夢似幻的光景。

「喂，妳來這邊。」

馬閃呼喚貓貓。

壬氏走在主人身旁，玉袁也在他們身邊。他應該也是被請來作客的。

「這是我們勉強請人家為妳安排的，本來是預定給里樹妃坐的位子，離宴席有一點遠。我們給妳安排了一名侍女，有什麼需要就吩咐她。」

原來是因為這樣，才會臨時給貓貓安排了坐席。一名像是侍女的女子，自然而然地從馬閃的身後走來。

在場除了貓貓之外還有幾名女子，但都有著一雙健康的大腳。兩個主位的其中之一，坐著一名髮色明亮的壯年男子。男子眼鼻輪廓分明，是個異邦人。另一個主位坐著頭上覆蓋輕紗的姑娘。她穿著純白衣裳，只像個偶人般靜坐不動。

（就是她嗎？）

雖然看似是個乖巧的姑娘，但也許是裝的。

貓貓忍著想喝酒的欲望，喝果子露（果汁）。

只有屋外夜宴的喜宴形式比較特別，菜餚或音樂都沒什麼奇特之處。貓貓已經赴宴赴到膩了，應該不需要把每個細節看得一清二楚。她只管一邊享用美味佳餚，一邊監視新娘。

（這下該怎麼辦呢？）

畢竟都讓人帶來了，貓貓也覺得得找到點什麼才說得過去。但她有這份心，卻無法採取行動。自從方才有個人找她攀談後，眾人就一擁而上，一個勁地找她講話。大概是因為他們好奇壬氏的同伴是什麼人吧。

眾人雖然都面帶笑容勸酒，貓貓卻從他們眼底深處看見了悶燒的火光。

男人的眼裡有著野心，女人則是嫉妒。

貓貓不禁覺得，也許自己就是為了這個目的才被帶來的。與皇弟一同赴宴就是這麼回事，不再像以前那樣，只是作為侍女同行了。

（討厭討厭。）

如果貓貓說希望壬氏不要將昨夜之事放在心上，能夠維持以往的那種關係，會太任性了嗎？她希望自己與壬氏能一如以往，繼續互相利用、公事公辦。

以現況而論，這已是貓貓能盡的最大力量了。

「真是位內斂婉約的千金小姐啊。」

「……」

貓貓用面紗把頭整個蓋了起來。最近這陣子，她又恢復成煙花巷那套有失莊重的講話方式，為了避免說錯話而讓侍女代她開口，結果得到這種評價。

（隨便你們怎麼說。）

貓貓作如此想，視線移動到宴席的中央，發現不知何時新娘不見了。可能是看出了貓貓的反應，侍女對她耳語：

「似乎是去補妝了。」

貓貓也想起身離席前往茅廁，卻被一群不識相的人包圍得無法動彈。她往壬氏他們那邊看去，但情況也差不多。馬閃也臭著一張臉被一群女子斟酒，如果去追問臉紅是因為酒意還是另有原因，就太不知趣了。

貓貓正在思索如何找藉口巧妙推託時，就聽見「砰——」一聲巨響。貓貓轉過頭去，周遭眾人也轉向聲音傳出的方向。

只見池塘的中央，在乘載著燈籠的水上小舟之上，亮起了鮮明奪目的光芒。

五顏六色的火花在池塘上橫越飛散，那巨響原來是煙火的聲音。這或許也是喜宴的節目之一。

「哈哈哈，可喜可賀，可喜可賀啊。」

一個醉漢腳步踉踉蹌蹌地走出了涼亭。然後他不知道在想什麼，竟走進池塘裡，用雙手抱起一條大鯉魚。

「良辰吉日完婚，婚後大吉大利。只可惜這魚不是加吉魚。」

男子一邊講著這種無聊的諧謔話，一邊想把鯉魚交給傭人。

「幫我把這魚烹了吧？」

傭人困惑地不知該如何回應此種要求。這個府邸的主人兼新娘的父親替傭人解圍：

「罷了罷了，就算是姪女辦喜事也要有點分寸。大家都在看呢。」

「哈哈哈，哥哥，這有什麼關係呢？」

「這樣要讓夜君笑話了。」

話題落到自己頭上來，壬氏只是笑著。雖然肯定只是陪笑臉，但旁人照樣看著那即使破相卻仍然美若天仙的笑靨看得痴迷。

「這樣鯉魚太可憐了，你就放了牠吧。」

壬氏說了。即使對方是皇弟，這場宴席似乎已經不講禮數了。這在京城是無法想像的。看著他們的對話，旁人都在笑。落入人手的鯉魚逃過一劫，被放回了池塘裡。不過這鯉魚也真是不得安寧，又是被煙火吵擾，又是被人捉住，真是多災多難。貓貓看著一片黑暗的水面，試著撒點麵包屑，但鯉魚沒有要過來的樣子。大概是鬧成這樣，鯉魚都游去別處了吧。

宴會隨著酒意漸酣而越來越放縱不拘。只是，新娘遲遲沒有回來。

壬氏不免開始在意，女婿也有些狐疑地看著無人的坐席。

「今宵的主角或許正在進一步為悅己者容吧？」

新娘的叔父給補妝換了種說法，開個玩笑。

這笑話似乎難以得到女子們的歡心，侍女們都離開了宴場。

不一會兒，一名侍女神色慌亂地回來了。她臉色發青，不知為了何事手足無措，而且急得說不上話來，只是指著池塘的另一邊。

（這是怎麼了？）

隨著詭譎的氛圍四下瀰漫，一陣喊叫聲傳來。

貓貓轉頭看個究竟，原來是一名客人看向侍女手指的方向喊叫出聲。那人嘴巴像魚兒似的一張一合，手指顫抖著指向天空。不，不是天空。貓貓看見府邸角落有一棟建物，是重疊了四層屋頂的塔樓。在塔樓的最高樓層，可以朦朦朧朧看見一個白色物體。

「小、小姐她……吊在那裡……」

隨著侍女總算勉強擠出聲音，沉浸於喜宴氣氛的眾人頓時臉色鐵青。

白色影子吊在屋頂下，兩腳微微擺動。白色的嫁衣飄浮於空中。

「快去塔樓那邊！」

壬氏與馬閃當先採取行動。接著新郎、父親與叔父等人隨後跟上。

貓貓也往塔樓跑去。

綠意蔥蘢的庭園、漂浮於水渠的燈籠火光與煙火的煙霧令人兩眼昏花。可以聽見鯉魚啪唰啪唰的躍動聲。

雖然看得見塔樓，小徑卻不是一直線。眾人受到林木或建物阻擋，一邊轉彎一邊急奔而去。所幸腳邊有燈籠照路，使眾人不致摔倒。

貓貓慢了一步進入塔內，衝上樓梯。她氣喘吁吁地跑到最高樓層時，只看到一條斷裂垂掛的繩索與幾名呆愣的男子。

「快找！到塔樓下面找！」

馬閃急速往樓下衝。他雖然個性單純，但在這種時候行動很迅速。

眾人也都跟著往樓下跑。壬氏望向塔外。塔樓約莫有四十尺（十二公尺）高，假如在這麼高的地方上吊，之後繩索又斷掉，人還有可能存活嗎？

（不，我看不可能。）

要麼頸骨折斷要麼窒息而死，不可能吊在那裡撐多久。搖晃的繩索底下，在兩腳的位置放了一雙小鞋子。是白色的新娘繡花鞋。

「妳怎麼看？」

壬氏輪流看看垂掛的繩索與它的下方。繩索綁在屋簷下，前端斷開。貓貓視線往下一望，看見層層重疊的屋頂；大概是從這裡滾落下去了。

「小女子不知。」

貓貓誠實地回答後，壬氏笑了。

「假如是因為我試圖對新娘套話，才導致這個結果的呢？」

壬氏低聲說道。

壬氏方才坐在宴席的中心位置，當時應該有機會對新娘說些什麼。他低垂的面孔露出後悔莫及的表情，但只是一瞬間罷了。壬氏依然壓低臉孔，轉身背對整齊擺放的鞋子。

「妳會覺得我是個狠心人嗎？」

「……小女子不知。」

壬氏只是恪盡職守罷了，遲早得有人來做，否則會眼睜睜讓新娘逃往西方。只有這點非得避免不可。

貓貓不知該說什麼才好，陷入了沉默。

「……我們走。」

她聽見了冷淡的聲音。

「是。」

貓貓慢慢步下樓梯。她一邊走下陡梯，心裡一邊起了個疑問。

他們很快就找到了新娘。

只是，她的模樣慘不忍睹。

白色衣裳都燒焦了。令人毛骨悚然地彎曲的手腳也都燒成黑炭，頭部原形盡失。只能看到脖子上套著斷掉的繩索，以及彎折變形的小腳。

渾身灑滿燈油的焦屍，足以讓赴宴的眾人酒意全失。

三話　飄浮的新娘　下篇

「盡增加一些麻煩事。」

阿多憂鬱地如此說道。貓貓今天本來應該要陪阿多買東西的，結果不只昨天，今天也沒得上街遊覽。貓貓原本很期待能買些西都的稀罕物品，如今也推辭了，換上顏色素樸的衣服。即使是貓貓也沒料到，竟然得在這種地方參加葬禮。

「這樣今宵的宴會就沒了，坦白講這倒是件好事，不過這樣想可能太不知忌諱了。」

阿多啜飲著茶水說了。看來受夠了夜夜宴飲的人不只貓貓一個。房間裡除了阿多、貓貓以及翠苓之外沒有別人，即使說出不知忌諱的話也無妨。翠苓平時會受人監視，只有跟阿多在一起時可以免卻。不過這樣能不能讓她喘口氣，倒也很難說。阿多也是愛找樂子的個性，性情一板一眼的翠苓也許會被她捉弄取樂。

「可是竟然因為被逼入絕境而自盡，事情結束得可真草率。」

最後的結論是新娘自行尋短，因為她的房間裡留有遺書，上面寫著是害怕嫁到異國才自盡。新郎看到遺書，霎時拋開在宴席上和樂融融的喜氣模樣，氣得七竅生煙，大吼大叫到只差沒跟新娘的父親扭打起來。罵的雖然幾乎都是外國話，貓貓沒能聽懂，但其中應該混雜了相當難聽的髒話。西都的人好像都聽懂了，只是神情悲傷地低垂著頭。

貓貓請人讓她看了遺書，的確是新娘的筆跡。

（但上面可沒寫到半句她是被逼死的。）

這位前嬪妃有點不容小覷。真要說起來，香水也是阿多的部下找到的。阿多給人的感覺跟玉葉后一樣。貓貓不知道她了解多深，講話時必須小心。

新娘因為不願結婚而選擇自盡。在塔樓上吊是為了讓大家看個清楚，結果因為繩索斷裂而墜樓。底下又不巧有個燈籠，她摔在上頭，燈火就燒到了衣服上。

表面上是如此。

但事實真相呢？

壬氏在猜想可能是自己試圖對新娘套話才會害她自盡，貓貓不知道是否如此。香水很有可能是新娘交給里樹妃那異母姊姊的，但不能完全肯定。

就在真相模糊不清的狀態下，貓貓被迫參加葬禮。不，其實她可以拒絕，但有件事令她掛心。

壬氏也會出席。他本來沒有必要參加一個地方官女兒的葬禮，但新娘的父親懇求他出席。後來貓貓才聽說，新郎鬼吼鬼叫的內容似乎是：「這已經是第二次了！你們能再找一個採京城形式吧。

迎客處有人確認哭喪女的人數，將木牌交給她們。似乎是用來證明身分的。

「好了，隨我來。」

聽到府邸傭人如此說，眾哭喪女一一跟上。

這次貓貓與羅半他們一同參加葬禮。帶來的隨身物品裡，有紙做的銀錢以及日用什器等等。

「不用真的東西？」

「暴發戶才那麼做。」

羅半回答。並非因為羅半一毛不拔才準備紙製祭祀品。

羅半為了喜宴沒受邀，卻只被叫來參加葬禮的事滿口怨言，但恐怕無可厚非。既然羅半來了，貓貓就沒必要跟著壬氏。沒看到陸孫，他今日似乎沒有外出。大概他有他的公務得處理吧。

「再說，這紙已經夠好了，用的可不是粗紙。」

紙錢用的是相當好的紙料。雖然比起庸醫村子造的紙毫不遜色，但不知道是不是那兒出產的。只是貓貓請人讓她看遺書時就覺得，西都這兒有不少好紙。

「畢竟這裡是通商的樞紐之地嘛，不能把粗品賣到國外去。」

他們茘國原本也有出口紙張，據說當時品質極佳，即使在西方也能賣得好價錢。雖然聽聞自從粗紙增加以來，紙張幾乎不再賣到國外，不過此地或許還有販賣精緻的紙張。

參加者會獻上紙做的銀錢或日用什器，以弔唁死者。說是將這些燒給死者，可保他們在陰間不愁吃穿。都說有錢能使鬼推磨，真是至理名言。

昨日那時由於正值傍晚，都是在昏暗火光中走動；現在大白天一看，會發現府邸有不少地方破舊殘壞。這幢府邸當初建成時想必是玉樓金殿，只是換了屋主後，也就失去了繼續堆金積玉的財力。

（還有與砂歐之人的通婚。）

這點也讓貓貓感到不可思議。

通婚或許是建立邦交時不可或缺的手段，但貓貓覺得雙方的力量對比似乎有些不平衡。昨天雖然是在此地舉行婚宴，但其他婚禮都是在新郎的家鄉舉行。而且一發現新娘尋短後，那個新郎怎麼看都是一副仗勢欺人的態度。

羅半似乎早已知道其中原因，趁著行走間告訴了貓貓。

「這家人原本是被帶來頂替戌字一族的，但說穿了只是藉故擺脫一些飯桶。」

先帝的母親女皇，當時是個講究實力的人。據說她似乎嫌中央一些血統高貴卻不會做事的高官礙眼，於是將幾戶豪門送到了西方之地，說是只要治理西域城邑有方，就賜他們「別羅半氣喘吁吁地追上來。貓貓撩起衣服下襬，踏進池塘裡。雖然塔樓就在附近，但離這裡尚有點距離。新娘的遺體就掉在這個池塘前方。

「羅半，假如有人從窗戶墜樓，他會摔在哪兒？」

「基本上來說，自然是正下方嘍。」

沒錯，昨晚就是在正下方找到焦屍的。

但是……

「那麼，假如掉下來的不是人，而是更輕的東西呢？風的方向與強弱就像今天這樣。」

「要看東西的重量。」

「不到二斤，不過大小跟人差不多。」

「那麼……」

羅半重新戴好眼鏡，以目測估計距離，又用指尖沾點口水觀察風向。

「應該會在比那兒離樓房再遠點的位置。如果把屋頂的位置也計算進去的話……」

（對，就是屋頂的位置。倘若把這點也納入考量，會出現矛盾。）

在大白天一看，可以釐清一些疑點。

羅半也看了看遺體墜落位置的焦黑地面與屋頂，然後偏了偏頭。連貓貓都察覺了，這個精於此類計算的男子不可能沒察覺。假如羅半昨夜人在現場，想必會比貓貓更早察覺其中的矛盾。

貓貓移動到羅半指出的位置。她捲起衣袖，霍地把手探進池塘裡，然後在池底東摸西找著。

羅半似乎決定靜觀其變，蹲坐到地上。可能覺得閒著也是閒著，他拾起小樹枝在地上塗鴉。也許是在計算某些數字。

「妳在做什麼！」

傭人發現有個客人跑進庭園池塘裡撈泥巴，趕緊跑了過來。明明正在舉行葬禮卻有客人在府邸裡亂晃，當然會被責問了。

「請姑娘快上來。」

「不用管我沒關係。」

貓貓毫不在意，繼續把手伸進池子裡。底下積了一層泥，感覺能成為很好的肥料。成群鯉魚的糞便變成了肥沃的淤泥。

「聽到了吧。」

羅半講得事不關己，但傭人還是試圖阻止貓貓。貓貓沒理他，繼續撈她的泥巴。只要找到她想找的東西，事情就解決了。

羅半雖不阻止但也不幫忙，頻頻瞟向四周。

傭人發出嘩啦啦的水聲往貓貓這兒走來，弄得水花四濺。就在這時，貓貓的手勾到了某個東西。她抓住那個東西想逃跑，卻被泥濘絆住腳而一頭栽進池塘裡。正當她弄得一身泥，就要被傭人逮住時……

「找到什麼了嗎？」

漱玉鳳鳴般的美妙嗓音響起。

（簡直好像算準了時機似的。）

壬氏現身了，後面跟著一臉傻眼的馬閃。

貓貓擦擦沾滿泥巴的臉，然後舉起一條繩索。繩索前端有斷裂的痕跡。

（這就表示，新娘她……）

貓貓整理一下線索。這幢府邸還有另一個可疑之處。只要連那一點都查個清楚，這個案子就解決了。

「新娘還活著。」

貓貓說完，咧嘴露出笑臉。

貓貓請人準備房間後，將身體擦乾淨，然後換件衣服。她很想入浴，但沒那閒工夫。感覺泥巴還黏在頭皮上很不舒服，但必須忍耐。

換好衣服後，人家將她領到了府邸的大廳。在葬禮進行時有客人瞎攪和似乎讓府邸主人以及他的親屬很不高興，一看到貓貓進來就瞪著她。

其他在場的還有壬氏、馬閃、羅半與幾名護衛，昨天的新郎不見蹤影。豈止如此，他似乎連葬禮都沒來參加。

貓貓撈泥巴找到的繩索，就擺在桌上的中央位置。

往窗外一看，那群素服女子還在哭泣。由於葬禮會持續舉行至明日，她們今晚也許會住下。

其他客人都回去了，只剩下這些女子、住在府邸的人與貓貓等人。

「姑娘這是在鬧什麼？」

主人神情懊喪地說了。神態中的悲傷蓋過了憤怒。

「這點我們會解釋。」

壬氏出聲，將貓貓喚至大廳中間。沾滿泥巴的繩索，看起來還是新的。

「聽聞妳是羅家小姐，但我們正在為女兒之死傷悲，能否請妳讓我們靜一靜？縱然是夜君之言，竊以為這樣做似乎有欠思慮。」

講話雖然拐彎抹角，但明顯是在批評壬氏。主人一副心驚膽跳的模樣，想必是努力擠出勇氣才說出口的。

「關於這點，我也感到過意不去。但是，我希望你們也能給我們一點時間。」
壬氏柔和但明確地提出要求。
「客人都回去了，我們也還得整理家裡。至少能否讓我們打發那些哭喪女回去？」
壬氏瞄貓貓一眼，貓貓搖頭回應。壬氏後退半步，表示接下來的事情全交由貓貓說明。
「倘若新娘是真的過世了，小女子也打算如此。」
說完，貓貓抓著繩索走到了外頭。
「請各位隨小女子來。」
「這姑娘在胡說什麼？」
貓貓聽見了人家發的牢騷，但她逕自站到那班素服女子面前，然後在這些哭泣女子的面前坐下。
旁人都詫異地偏頭，不知道她想做什麼。
「嘿！」
貓貓用雙手抓住兩名哭喪女的裙裳，直接往上一掀。
「……」
所有人無不露出下巴都快掉下來的呆相。
此地雖然日照強烈，但遮住的雙腿沒曬到太陽，仍然白皙如玉。貓貓一邊開始想吃燉蘿

蔔，一邊接二連三地掀人裙子。

遭人掀裙的哭喪女們尖叫聲響徹四下。

（以前有過這事呢。）

曾經有個沒格調的商賈買了十數名娼妓，整晚卯起來掀她們的裙裳。老鴇雖然嫌他下流，但商賈支付了公定的三倍價錢，不得已才答應了。

總的說起來，貓貓現在的行為就跟那色老頭沒兩樣。

被掀過的哭喪女按住裙裳癱坐在地，其他尚未蒙難的哭喪女則是驚惶逃竄。

（傷腦筋，這還挺好玩的。）

哪裡好玩要實際試過才知道。貓貓追著那些逃跑的哭喪女跑，一一掀起她們的裙裳。這時貓貓已經開始能體會色老頭的心情了，真是試不得。

其中有個哭喪女體能較差，想跑卻腿腳不聽使喚，摔倒了。貓貓毫不留情地站到那哭喪女的面前，兩手十指在空中蠢動。哭喪女的慘叫在庭園裡迴盪，但貓貓照樣伸手抓住她的裙裳。

「喂，懂點分寸。」

啪的一聲，有人打了她的後腦杓一下。一看，原來是一臉表情傻眼到極點的壬氏。

「請總管恕罪。」

貓貓放下了正要掀起的裙裳。

「不過，小女子已經找到了。」

哭喪女的鞋子露在裙裳外。因為摔倒而差點脫落的鞋子，大小完全不合腳。露出的腳纏著厚厚的白布條，沒有正常雙腳該有的形狀。

這個哭喪女纏了小腳。

貓貓雖然放開了裙裳，但換成伸手去碰面紗。

她慢慢掀開面紗，看到的是一名淚眼汪汪的可愛姑娘。

「對不起。」

姑娘邊哭邊說。雖不知道是對誰說的，但至少不會是貓貓。

「啊……」

（妳就是新娘吧。）

貓貓本想這麼說，但沒能說出口。另一名纏足的女子撲上來，護著哭喪女。記得她應該是新娘的一名侍女。

「沒頭沒腦的這是幹什麼啊！懂不懂禮數啊！」

侍女如此怒斥貓貓。她眼中泛著淚光，拚命睜大眼睛以免淚珠滾落，咬著嘴唇，肩膀在顫抖。

「好了，妳快走吧。明天還得幹活呢。」

侍女幫哭喪女拉好裙裳，重新替她蓋起面紗。

然而既然已經發現她纏足，別說貓貓，就連壬氏也不會放過這名哭喪女。

不能讓她就這麼跑了。考慮到這點，貓貓繼續說出殘酷的話來：

「被焚的遺體，是妳那自盡的堂妹嗎？」

哭喪女的身體重重抖動了一下。

「之所以大動作地讓大家看見她上吊，是為了替屍體脖子的勒痕找藉口；焚屍是為了掩飾死後變化。」

她聽見哭喪女發出吸鼻子的聲音。不是笨拙的假哭，逼真到堪稱專業代哭。

「真是一派胡言，請妳不要再褻瀆小女的死亡了。這樣的哭喪女怎麼可能會是我的女兒！」

原先態度溫順的新娘父親高聲說了。他也跟侍女一樣，擋到了貓貓面前。

「就是啊，而且妳還提及了我的女兒，恕我直言，請姑娘勿要胡亂揭人瘡疤。」

新娘的叔父也怒形於色。

「那麼妳說說，那個飄浮在半空中的新娘又是怎麼回事？我們都看到新娘上吊，也找到了墜樓的新娘。這不就是事實嗎！」

叔父比手畫腳地說了。

然而，貓貓搖頭回答：

「問題就在這裡。新娘墜落在最高樓層上吊處的下方。可是，這就令人費解了。因為塔樓的屋頂不是四重構造嗎？屋頂乍看之下大小相同，其實是下面的屋頂比較寬闊。假如有東西掉在上頭，會怎麼樣？」

這種事情羅半比較會解釋。貓貓讓羅半拾起掉在地上的樹枝，羅半在地面上畫出塔樓的輪廓。他在貓貓撈泥巴時畫的就是這個圖畫。

「由於屋頂是斜的，東西無論如何都會向外滾。這樣一路滾下來，無論如何都會對東西施加向外移動的力量。」

羅半畫上箭頭做說明。

「換言之，東西越是一路迅速往下滾，就會掉到離塔樓越遠的地方。」

然而焦屍卻落在屋頂的正下方，躺在從塔樓入口形成死角看不到的地方。這是因為倘若掉進池塘裡，就不能用焚屍的方式掩飾死後變化了。

「從物體的動作與速度算起來，屍體怎麼想都不會落在一開始的發現地點。」

羅半在這種時候實在可靠。他把狀況畫成圖畫，比口頭解釋更容易明白。

「燒焦的新娘從一開始就擱在那兒，大家是被飄浮在空中的新娘身影引開注意，才會完全沒發現。」

在通往塔樓的一路上，腳邊都有燈籠照亮。畢竟夜路黑暗，人生地不熟的客人會受到光源誘導也是無可厚非。煙火的煙或是燈籠的油味，正好可用來掩蓋焦屍的痕跡。

「然後……」貓貓補充說道。

「垂吊的新娘其實是這個吧。」

貓貓取出懷紙，故意發出很大的腳步聲靠近池塘，然後把紙撕碎撒在水面上。鯉魚發出啪嚓啪嚓的水聲，聚集過來把紙吃光。

「這附近地區可以買到很多高級紙張，只要加工一下，想必可以做得遠遠看上去就像新娘嫁衣。」

至於要用什麼打信號，她認為煙火正好可供利用。可以用特定的顏色代替狼煙，或者是聽聲音判斷。

一旦有人發現上吊的新娘之後，一個人打信號，另一個人反過來推算到塔樓的距離與奔上最高樓層的時間，把繩索切斷成自行斷裂的模樣。大家正在趕往塔樓，不會注意到紙偶已經墜樓。

「昨天您捉了鯉魚，對吧？那是為了將鯉魚趕跑嗎？」

新娘的叔父之所以捉住鯉魚故意胡鬧，也是為了將吃紙的鯉魚誘導到他們要的地點。雖然煙火應該也會將牠們嚇跑，但貓貓猜想他們可能想做到萬無一失。

紙偶掉進池塘裡，被鯉魚吃掉，只留下綁在上頭的繩索。也就是貓貓撈泥巴時找到的東西。

在這裡切斷繩索的人，只要待在此處等人上塔來即可。與其急著下塔而被人撞見倒不如直接躲在塔裡，等大家聚集過來之後再若無其事地混入其中就行了。事到如今，已經不用去追問那人是誰。

「如果有人想反駁的話，不妨拿掛在塔上的繩索與池塘裡找到的這條比較一下斷裂處如何，各位？」

「各位」二字一出，讓新娘家的主人當場雙膝跪地。其他人也像是認命般面面相覷。堅強地袒護哭喪女的侍女，不甘心地歪扭著面容。

沒錯，這種事自然不可能是新娘一人所為。必定是多人合謀，而且極有可能是家族上下布的局。

其中沒有什麼狼子野心，只不過是悲傷地俯首的一家人罷了。

「各位是想讓新娘混入哭喪女之中，就這樣讓她逃走對吧？」

看來貓貓一直以來都誤解了。由於里樹妃遇過盜賊襲擊，她以為此次獅子一事也是針對里樹妃下手。

然而，對手的企圖不一定總是如她所料。

「是為了讓她逃離那個異國女婿。」

據說獅子是那異國女婿帶來的。這麼一來，假如獸籠毀壞讓獅子跑出來，責任就會落在女婿頭上。

他們只需對獅籠動手腳，再往赴宴者身上潑灑能讓獅子亢奮的香水即可。只不過他們正好挑中里樹妃的異母姊姊罷了。

女婿本來應該會因為獅籠的事被問罪，受到更重的刑罰才對。但沒想到壬氏或玉袁的性情比想像中更謹慎。兩人盡量不把事情鬧大，並且專心蒐集證據。

女婿急了，就想早早離開這個國家。由於翌日早就安排了宴會，他決定宴會一結束就回國。他現在人不在這裡，也是因為趕著踏上了歸途。

再這樣下去，新娘將會遠嫁外國。一家人心急之下想出的辦法，是演一齣戲讓新娘詐死。他們不惜用上已死的堂妹屍體，也要保護新娘。

「為何要做到如此地步？」

壬氏問了。

「哈哈，大人知道我的女兒受到過何種對待嗎？」

新娘的叔父回答。他是已死堂妹的父親。

「那些畜生，只把我們家族的女人當成奴隸看待。那些傢伙在洞房花燭夜做的第一件事，就是給新娘烙上牲口的烙印。」

結婚這回事並非每次都是門當戶對，毋寧說常常都是一家地位高於另一家。沒有力量的家族只能逢迎諂媚，這個家族就是如此，名為嫁女兒，其實是獻出祭品。

「我的這雙腳，也是那個男人要求的，要我弄得像個東方姑娘。他恐怕只把我看作是一件收藏品吧。」

扮成哭喪女的新娘摸摸自己的小腳，侍女神情痛苦地看著她。很可能真正要的是那個堂妹，這個新娘與另一名侍女纏足則是作為替補。

壬氏變得面無表情。但貓貓感覺在那面孔底下，藏著沸騰燃燒的情感。

「都怪我們無能，所以只能選擇這樣的路。假如我更有才智，是否就能讓女兒成為御花園中的大朵薔薇？」

他說的也許是同樣身在西都，卻把女兒拱上了后座的玉袁。

「假如我能討得女皇的歡心，是否就不用被貶到此地來了？」

壬氏轉身背對這可悲的一族。他們的行為是重罪，為了保護女兒而採取的行動，差點就讓別人犧牲了性命。

「那樣我是否就能守住這個家了？」

壬氏不能從輕量刑。

只是貓貓不知道，壬氏能否要求自己成熟到對此事看開。

不過，貓貓覺得自己跟這家人持不同的觀點。

「守住家世真有這麼重要嗎？」

貓貓喃喃自語，然後走到互相依偎的兩名纏足女子身邊。

主人口口聲聲說自己無能，但有件事讓貓貓在意。

「小女子能否問個問題？」

「……」

貓貓將緘默視為同意。

「妳們其中一人將香水交給別人時，我想其中應該有個滿口齲齒、態度略為高傲的姑娘，妳們是如何與那位姑娘親近的？」

對於貓貓的詢問，低下頭去的是侍女，看來是她與那異母姊姊有過接觸。貓貓覺得很不可思議，因為她以為那個姑娘不會跟初次見面的人親近。

「妳還記得嗎？是個臀部豐腴的十八、九歲的姑娘。」

「臀圍大小是三尺一寸。」

不知為何羅半插嘴說道。具體數字應該是他目測的，但貓貓還是一言不發地踩踏了捲毛眼鏡的腳尖。
「說出來對妳有好處，也對大家都好。」
「……是個女算命師告訴我的。」
「算命？」
侍女點了個頭，再也沒抬起來。
「是西都時下盛行的一件事，有個口碑載道的算命師。」
她說起初她以為只是謠言，但實際上算命師每句話都說中了侍女她們的事情，結果使得她們越算越信。
「是已故的小姐去找她商量。」
「她怎麼敢告訴一個外人？」
這種事哪能隨便跟人說？貓貓無意責怪死者，只是純粹覺得奇怪。
侍女聞言，往街上指了指。
「她們是在禮拜堂裡說的。」
就如同玉袁府邸裡那幢異教建築一樣，侍女表示街上有地方可供人單獨說話，算命師就是借用那個地方營生。據說那裡本來是異教僧侶聽人說話的地方，不過只要布施給得夠多，也可供人密會。

因為說是算命，所以姓名等等都隱晦不言，但只要想查還是查得出來。她們似乎就是在這點上遭人利用了。

「收下香水的是我，被慫恿去弄壞獸籠的也是我，全都是我做的！」

侍女頹然低頭。她不希望家裡有更多姑娘不願照算命師所言去做而選擇自盡，所以才會採取行動。侍女抬頭看著貓貓苦苦哀求，但下判斷的不是貓貓。

那個算命師也告訴她們該挑哪些人下手。有的人名字或來歷曖昧不明，也有像里樹妃的異母姊姊那樣詳細告知的。據她所說，最後似乎把香水賣給了三個人。

「有罪的不只那個婢女。是我對獸籠動手腳的。」

新娘的叔父走上前來，說是看到侍女心事重重，追問之下才得知。的確，一名侍女做不了這麼多事。

「那麼，想出這場自盡騷動的是我，甚至不惜挖姪女的墳。」

「不！是我要兄長這麼做的！」

看到他們這番對話，家族中的女子們潸然淚下。

「那麼你們的意思是，這場騷動並非是算命師的指示，而是你們想出來的？」

壬氏做個確認。

「是。前一天得知事情，第二天就得實行，並沒有多餘工夫與算命師見面。」

「有辦法主動與那算命師見面嗎？」
壬氏的眼睛，看的是可憐家族的今後。想必他那放眼未來的目光，並非只想著如何責罰這個家族，而是在考慮下一步該怎麼走。
貓貓默默看著這個男子的背影。
結果，他們沒能找到那個算命師。只是有禮拜堂的異教僧侶作證，讓他們找到了算命師的住處。有錢能使鬼推磨，才一捐錢就開口了。
住處空無一人，只是從生活樣式來看，可以猜測到是來自西方之人。

四話　歸途

貓貓不知道壬氏會如何懲處那個家族。後來壬氏與玉袁兩人談了很久，但貓貓不能去探頭探腦。

至少只能祈求不要演變成最糟的狀況。里樹妃的閉門思過命令已獲撤回，不過那個異母姊姊還需另行懲處。

逗留西都已到第六日，明日就要啟程回京，貓貓的想法是……

（什麼都沒遊覽到。）

就這麼簡單。

雖然聽起來冷淡，但貓貓天性不喜歡為了讓人沮喪的事鑽牛角尖。因此，她本想出去好好散散心，誰知道大家已經開始收拾行囊了。貓貓一臉疲倦地待在仙人掌園。雖不清楚在京城的氣候中養不養得活，但她還是要了種子以及一小盆仙人掌。

貓貓也很感謝玉袁由於同情貓貓等人，而找來了商人。

就這樣，在西都的逗留期間結束了。

「這是什麼？」

在回程的馬車上，貓貓看到羅半拿給她的東西，偏頭不解。這是根鳥的羽毛，但尖端被削去並且沾有黑漬。她曾聽說西方會以鋼筆或游禽羽毛代替毛筆使用。

「說是在那算命師家中找到的。」

屋子裡沒留下什麼隨身物品，此物為少數幾件證物之一。

「皇弟殿下似乎很想知道這是什麼。妳看得出來嗎？」

「……太小了，不像是游禽的羽毛。」

這是根灰色的羽毛，感覺似乎不大適合作為寫字用具。猜想應該是隨便撿了根羽毛來代用。

「我看是鴿子吧？」

「根本一點也不稀奇嘛。」

鴿肉是常見的肉品。此外，在舉行慶祝活動時，有些地方習慣放鴿子。只可惜是這麼不稀奇的鳥，令人掃興的答案讓羅半顯得一臉沒趣。

貓貓看向車窗外，漫不經心地說：

「你說回程是坐船對吧？」

「正是。」

羅半回答，他身旁坐著笑容可掬的陸孫。這個男人既沒參加婚宴也沒出席葬禮，似乎有閒工夫去逛大街，送了貓貓一條絲織品。雖說不拿白不拿，但貓貓仍忍不住瞇起眼睛，覺得有點不公平。

「要是能讓你代替我出席該有多好。」

貓貓半抱怨地脫口而出後……

「在下不配踏進那樣的大戶人家。」

陸孫說出了乍聽之下好像表示客氣的話來。說話時雖然笑容滿面，卻不知道有幾分是真心話。

阿多與里樹妃搭乘另一輛馬車，說是要與貓貓他們同行。的確，繼續待在西都也沒有意義。父親卯柳表示要與里樹妃一起回京，但阿多拒絕了。十五年來對女兒不理不睬，這時候才裝出一副關切疼愛的態度，只會讓人覺得他自私自利。

「雖然會換乘幾次，應該可以比去程縮短一半日程。何況現在這個季節，風向也好。」

船不像馬車需要頻繁休息，因此也比較快。

去程因為必須溯流逆風而上，坐船反而花時間。這回是沿著通往大河的河川順流而下，只要坐船就能直接抵達京城。

壬氏與馬閃還待在西都。結果他們為了處理時間緊迫的公務，還是延長了逗留時日。

貓貓本來也得留下，但……

「能否請殿下將舍妹暫借微臣一用？」

聽說是羅半向壬氏如此要求的。

假如貓貓在場的話一定會說「誰是你妹了」、「別把我捲進怪事裡」，奈何他們是趁她不在時決定的，沒辦法。她本以為壬氏會拒絕，想不到居然答應了。

也不知是怎麼了，自從參加宴會時發生那件事以來，貓貓就沒好好面對過壬氏。雖然她因為怕尷尬，所以這樣正好，但……

（能早點回去是很高興沒錯。）

但這樣也有這樣的不安。貓貓一邊考慮也許該拋棄羅半轉為投靠阿多，一邊把衣物塞進布包裡，做個枕頭。好不容易才把馬車改造成舒適的床鋪，這下又得重做一遍了。

「好歹也有點羞恥心吧，小妹。」

「管他的。」

羅半跟陸孫面面相覷，但貓貓才不管那麼多。她就這樣闔起了眼睛。

乘馬車走了二日後，一行人抵達了渡口。貓貓原本就有點不祥的預感，這下壞預感更強烈了。
上流總是河道較窄，乘坐的與其說是船不如說是小舟。一艘小舟不夠容納所有人，於是又另準備了一艘。
「這行不行啊？」
「基本上我找的是可信賴的船家，應該不用擔心遇上盜匪。」
「不，我不是在問這個。」
「唉，好啦，別說了。」
羅半把頭扭向一邊說了。看來他也沒想到會是這種小舟。
「啊哈哈哈哈，這可真有意思。」
只有阿多精神飽滿地這麼說，其他人忙著緊抓小舟都來不及了。照船老大的說法，大約只有最初的一里是急流，但貓貓真怕還沒走完這一里船就要翻了。
里樹妃把頭擱在唯一精神抖擻的阿多大腿上。由於小舟才一開始就大大晃了一下，膽小如鼠的姑娘就這麼昏過去了。她的身體用繩索綁在船上以免落水。
不過，也許這樣反而因禍得福。
「沒、沒想到會……晃、晃成這樣……」

捲毛眼鏡臉色鐵青，朝著濁流直嘔酸水。
虧他之前還得意洋洋地說這樣比較快，看來他是忘了陸路與水路的差異。
「別把臉朝向我，會濺到我的。」
「貓貓，給我止暈藥……」
羅半伸出顫抖的手，但貓貓救不了他。她已經給過藥了，可是吞下去的又被他嘔出來。再給他也只會繼續吐。
「羅半閣下，那裡可以看到小鳥喔。這兒總是如此風光明媚。」
（應該說看來看去都是同個景色。）
陸孫雖沒阿多那麼愉快，但也顯得輕鬆自在。只見他面露快活的笑容，正在欣賞小鳥。
翠苓雖顯得不太舒服，但沒像羅半這樣吵鬧。
眾護衛是有些人顯得身體不適，但畢竟正在當差，沒有露出難看的模樣。
貓貓也還好，不只飲酒不醉，乘車坐船也從來不暈。她只是不擅游泳，怕掉到水裡才會乖乖待著。
「你們全都一個樣……」
恨恨地埋怨的羅半就某方面來說挺稀奇的，讓貓貓覺得很有意思。

等河川匯流，河道變得越來越寬闊後，就要換乘下一艘船。

「妳有沒有止暈藥？」

羅半臉色慘白地抱著桶子。即使船變大了，羅半似乎還是照樣暈船。不過嘔吐的頻率多少減少了點，已經算不錯了。

他們人在一間小船艙裡。這艘船只有兩間船艙，一間專供女子使用。怎麼說也不能讓里樹妃或阿多跟其他人一起打通舖。

羅半一臉歉疚地過來，可見實在是撐不住了。

里樹妃已經醒了，但還窩在阿多的腿上。看得出來她是假裝暈船，其實是在跟阿多撒嬌。

「剛才你嘔出來的就是最後一包。」

這麼快就被他吐掉，給的藥都白費了。他沒能撐到發揮藥效。

考慮到需要乘馬車移動，貓貓為了以防萬一才準備止暈藥，卻沒想到會用在這種地方。

雖然因為是持續移動所以能早日抵達，但那就表示必須一直跟著船搖晃。沒想到羅半乘馬車沒事，卻坐不了船。

（倒也不是不能理解。）

貓貓配合著船的搖晃傾斜身子。

「嗚喔喔喔喔！」

被突然這麼一搖晃，羅半拿著桶子抱住柱子。

貓貓接著將身子倒往反方向。

「妳怎麼都不會暈啊？」

羅半怨恨地說了。

「大概是因為我喝酒也不會醉吧？」

羅半不甘心地瞪著臉色如常的貓貓。這個男人屬於比較不會喝酒的一類。

「我再也不搭船了！」羅半一臉虛脫地說，但他們無法中途弄到正好合用的馬車，只能繼續轉乘其他船隻。況且回程是與阿多她們一起。阿多很喜歡坐船旅行，里樹妃又能向阿多撒嬌，沒理由再換回馬車。

就這樣一路前行，一行人來到了第三個渡口。

正當他們抵達那兒，貓貓下船準備轉乘下一艘船時，只聽見好大的「咚」一聲。

貓貓心想發生了什麼事，就看到有人倒在渡口。船夫一臉狐疑地扶起倒地的人。癱在地上的原來是個穿著舊外套的男子。

（是病人嗎？）

貓貓站得遠遠地觀察。她不想被捲入麻煩事，但也無法冷血到放著傷患或病患不管。

「喂，小兄弟，你還好嗎？」

船夫一邊搖搖男子一邊問了。

「我、我沒事～」

貓貓聽到男子發出有點蠢笨的聲音。而船夫一把男子的臉朝上，立刻「嗚！」地呻吟了一聲。

原本應該是張俊美的容顏，從高挺的鼻梁與柳眉看得出幾分。但男子的半張臉上卻滿是痘疤。假如把輪廓比做一個圓，痘疤與平滑的皮膚就正好形成了陰陽魚。

船夫把男子甩開，男子搖搖晃晃地站了起來。

「不好意思～可以讓我搭船嗎？」

男子用醜臉做出了笑容。可以看到伸出的手上有個裝得滿滿的錢袋。男子還很年輕，是個二十五歲上下的青年。

「你、你這小子！是不是得了怪病啊？」

方才抱起男子的船夫，使勁擦拭碰過男子的部位。

男子繼續笑著，碰了碰他那張醜臉。

「喔。」

他恍然大悟地點頭，然後蹲到地上。可能是倒地時弄掉了，有塊頭巾掉在他腳邊。男子拾起頭巾，對半折成三角形，然後用它遮起半張臉，乍看之下就像眼罩。

「我知道，你這是痘瘡！對吧！」

痘瘡是會讓全身上下長出膿皰的可怕疾病，傳說這種瘟疫甚至能滅國。其傳染力甚強，據說有時還會經由病人的咳嗽或噴嚏傳染。

男子用鬆弛的表情笑著，輕輕搔了幾下臉。

「哈哈，沒事啦～這是疤痕。我得過一次，但現在已經全好了，你看你看！」

「胡說八道！你剛剛不是才昏倒嗎！別過來！」

「只是肚子有點餓才會昏倒啦～」

聽船夫這麼說，旁人也都跟男子保持距離。

貓貓瞇起眼睛。既然不是病人，那應該不關她的事了。

「怎麼了嗎？」

陸孫過來詢問。他似乎正在把行李運到下一艘船上。還挺勤快的，就擅自叫他高順第二吧。

「那個眼罩男似乎想搭船，船夫正在拒絕說不能讓他搭。」

貓貓簡短回答後，陸孫發出「哦——」的一聲看著青年。只要把痘疤遮起來，還真是個美男子。還有，講話口氣挺輕佻的。

「有什麼問題嗎？他是想坐霸王船嗎？」

「錢似乎是有，但他臉上有痘瘡，船夫懷疑他生病。反正無論如何，現在這些船都是包下的，沒辦法讓他坐就是了。」

既然里樹妃要坐船，護衛也得守著，不便讓外人共乘。

陸孫瞇起眼睛。

「那人是真的生病了嗎？」

「嗯——」

遠遠看上去不能確定。只是，那疤痕看起來像是痘疤，但沒有化膿。青年說的大概是實話，即使以前患過病，看來也已是很久以前的事了。

貓貓之所以不去跟船夫這麼說，是因為……

（扯上關係太麻煩了。）

就這樣。

只是，男子似乎無意放棄搭船，抓著船夫不放。

「拜託嘛～讓我坐嘛～何必這麼不近人情呢～」

「放手！住手，你會把痘瘡傳染給我的！」

「沒天良啊，你這是歧視！我明明好端端的不是嗎！」

一般來說，臉上有傷痕的俊美男子總是有點陰沉，但看來對這傢伙不適用。他死抱著船夫的粗腿不放。

周圍的船夫是很想替夥伴解圍，但又怕染上怪病，都站得遠遠地旁觀。

不設法打發這名男子，就開不了船。

可能是看出貓貓表情的意思了，陸孫對她微微一笑。

「真想早點開船呢。」

「……」

他是想叫貓貓快想想法子嗎？

貓貓懶洋洋地下船後，站到流著鼻涕死不放手的眼罩男與煩不勝煩的船夫面前。

「失禮了。」

「啊？」

貓貓聽了不能說是同意的回答後，摘掉了鼻涕男的頭巾。

醜陋的痘疤，一看就知道是好幾年前的舊瘡。貓貓看看有痘疤那邊的眼睛，好像沒有聚焦。瞳孔大小左右不同，可能是一眼失明了。

「這人沒生病。雖然有疤痕，但想必不會傳染給別人。」

至少痘疤不會。他還有沒有其他毛病就不知道了。
「……」
船夫露出由衷排斥的表情，用手指拈起了男子弄掉的錢袋。一倒過來，銅錢鏘啷啷地掉下。
「你要去哪兒？」
「我想去京城！京城、京城！」
給人的感覺一整個就是鄉下土包子。他兩手握拳上下揮動。
「然後我要做各種各樣的藥！」
「藥？」
貓貓對男子所言起了反應。
「對啊，別看我這樣，我可是很行的！」
說著，男子從髒外套裡掏出了一個大袋子。他把袋口打開，一股獨特的氣味飄散出來。
貓貓從裡面拿出一個陶器。蓋子打開一看，裡面裝了藥膏。
雖不知藥效如何，但調製方式相當仔細。藥草均勻地磨成細泥，質地軟硬也恰到好處。藥草的組合搭配固然重要，不過光看調製得如此仔細，就知道品質必然穩定。
貓貓重新瞧瞧男子。

男子嘻皮笑臉，向眼前的船夫推銷說道：「要不要來點這種藥啊～？有助緩解暈船喔～」船夫當然不可能去買這種東西。

「小氣～就買點又不會怎樣。啊！不買也沒關係，那我可以搭船嗎？搭船？」

「不，這艘船被人包下了，你等下一班吧。」

「咦？是這樣喔？不等不行嗎？」

男子表情雖有點不情願，但似乎是接受了。然後他看看貓貓，面露微笑。

「謝謝姑娘相助～送妳止暈藥當謝禮喔～」

男子講話口吻簡直像個孩子，總讓人覺得外貌與內在搭不起來。這人再怎麼說應該也比貓貓年長才是。

「不了，我不會暈船所以用不著。」

「這樣啊～那真是可惜了。」

男子正要把藥收起來時，背後傳來好大的一聲：「等等！」羅半急速從船上跑了過來。

「止暈藥……給、給我。」

羅半上氣不接下氣地說了。

（真佩服他聽得見。）

羅半原本明明癱在蠻遠的地方。貓貓一邊作如此想，一邊登上接著要搭的船。

「哎呀～真是遇到貴人了。不但幫我解釋舊疾的事，竟然還讓我搭這艘船。」

眼罩男自稱克用，一如一身髒兮兮的模樣給人的印象，是個旅客。按照本人的說法，似乎是個醫師。

羅半聽說他身上帶了很多藥，立刻勸他跟大家搭同一艘船。由於船是羅半安排的，只要他不會危害到里樹妃她們應該就不成問題。只是他們說好不會把男子送到京城，而是只到羅半要上岸的下個渡口。

這個奇妙的男子相當多話，一邊攪拌藥品，一邊把自己的身世告訴了他們。

「嗯，簡單來說，就是說我被詛咒了，要我滾出去～真是太狠了，你們說是不是～」

聽起來一點都不狠。話中沒帶半點陰暗情緒，讓人聯想到三姑六婆邊幹活邊閒話家常的模樣。

由於不敢確定來歷不明的痘疤男調製的藥究竟有沒有效，因此貓貓在一旁盯著。止暈藥裡沒放什麼怪東西。羅半一高興起來，就把克用叫進了自己的房間。貓貓則因為他自稱是醫師，於是也順便列席聽聽他的說法。

「我這幾年來都是待在同個地方，可是去年發生了蝗災，村子可慘了～結果啊，村子裡的咒術師忽然說什麼這是詛咒～」

克用說他是被趕出來的。醫師與咒術師，原本就很容易水火不容。貓貓是覺得傻子才會相信咒術這種沒憑沒據的玩意，但這就是一般常識。真令她生氣。

他講話口吻輕佻，止暈藥卻十分有效，連原本抱著桶子不放的羅半都能加入對話了。當然一方面也是因為改乘大船減少了搖晃，但總之羅半相當滿意。

「唔嗯，所以你現在要上京求職？」

「是啊，嗯，算是吧～」

羅半撫摸下巴沉吟了片刻。看他似乎在打某些算盤，貓貓用手肘頂了頂羅半。

（別招惹太多怪人啦。）

克用雖然是個怪裡怪氣的男子，但只要醫術可靠，到了京城自然有法子謀生。只是前提是得把他那痘疤痕跡遮好。

況且他們只要還跟阿多等人同行，身邊就不便有陌生人在。

羅半看了看貓貓，說他明白。

嘴上這麼說，卻從懷裡掏出了紙，飛快地寫了些東西。

「假如有什麼困難，你就到這兒來。我想我能為你盡點棉薄之力。」

紙上寫著羅半在京城的住址。

克用接過後，臉上浮現了天真爛漫的笑容。

「啊哈哈哈，我真是遇著一群貴人了～」

（他這可不是出自善意。）

羅半個性精打細算，只不過是認為這個男人多少有點利用價值，才會把住址給他。

「話說回來，去年的蝗災後來怎麼樣了？」

貓貓很想刨根究底地把克用的醫學知識問個清楚，但她先問了這個問題。

「嗯～還不到要吃樹根或是拋棄嬰兒的地步啦。只是小孩子都因為缺乏營養而日漸虛弱呢。」

克用神色有些傷悲地說了。營養失調容易導致疾病，而疾病得由醫師來治。趕走這個男人的村子，現在不知道怎麼樣了。

「不過只要今年莊稼豐收，我是覺得就不會有事了～」

但貓貓覺得不會有那種好事，這名男子似乎也持相同意見。

「只希望在那之前，村子裡的大家能互相幫助就好了～」

互相幫助講起來好聽，但其中是有條件的，重點在於自己有沒有餘力幫助對方。要先確保自己夠吃，才能把多出來的給人。所謂的幫助大半都是這麼回事，況且要是施捨對方卻讓自己餓肚子就沒意義了。雖然也有些傻子甘願捨己助人，但那大多是出現在故事裡的聖人。

假如有人認為醫師或藥師是聖人，那就應該給他們準備相應的地位。醫師也要行有餘力才能治療病患。要是過著清貧的生活而生病，傳染給身邊的人就本末倒置了。

趕走這名男子的村子也是，現在想找個新醫師已經太遲了。

無論如何，覆水就是難收。

「那麼，我失陪了～」

克用把收下的住址仔細折好收進懷裡。克用只有支付同乘的船費，是借住另一間護衛們待著的房間。就某種層面來說，也有監視的意味在。

（講到這個……）

貓貓跟克用問起蝗災的事，讓她想起了另一件事。就是堆積如山的問題當中，落在羅半肩膀上的那一件。

「說到蝗災，那個金髮美人丟給你的問題，你怎麼解決？」

她說的是在西都宴會上，女使節向羅半做的提議。

就是請求羅半將米穀出口到砂歐，若是不可行，就幫助她流亡茘國的事。

「那件事對茘國有好處嗎？」

前者感覺弊害太大，後者則只是個燙手山芋。

因為房間裡只有貓貓與羅半在，所以才能談這件事。這事恐怕連陸孫都不知情。

「妳以為我是那種不做任何考量，看對方長得漂亮就言聽計從的人嗎？」

「不是嗎？」
貓貓開了點玩笑。
他明明整天說壬氏的臉多美多俊，完全是個看外表的人。他是不知道壬氏對自己的臉有自卑感，才能那樣口無遮攔。
「我也有我的幾個考量。」
「究竟是什麼考量？」
「等到了下個渡口，我們的船旅就結束了。屆時我們將與阿多娘娘她們分開行動，妳不介意吧？」
不知道他是受夠了暈船，抑或是為此才把貓貓帶過來的。
「那我要跟阿多娘娘一塊兒走。」
「喂喂，妳先別急嘛。」
聽貓貓如此回答，羅半比手畫腳地制止。
「我敢打賭接下來要去的地方，妳也絕對會想一探究竟的。」
「什麼一探究竟？」
羅半從懷裡拿出算盤開始撥弄。
「雖然這如意算盤可能打得早了點。」

但他說還是有一試的價值。

然而——

「是我爹的住所。」

羅半說的不是「義父」而是「爹」。

五話　西都的善後

「殿下是希望我去一趟京城是吧。」

「正是如此。」

壬氏回答玉袁的詢問。地點在玉袁府的廂房，屋宇面朝池塘，清涼宜人。房間裡只有二人，外頭有馬閃以及其他護衛。他們手中皆無刀兵，不過是想推心置腹、促膝長談罷了。

壬氏一面感到說話拗口，一面斟酌用詞。他現在的身分立場是皇弟，縱然對方是皇后之父，仍然是自己的地位為上。只是他有時會因為宦官任內的舊習，而差點選錯用詞。

與其他人分開留在西都的壬氏，正在腳踏實地的把公務一件件辦妥。

「正如閣下洞察，一方面也是考慮到玉葉后的事情，皇上認為應該早日賜字。」

妃子雖成了皇后，但封后大典卻延期舉行。可舉出的幾個理由，包括了玉葉后西方血統較濃，以及玉袁至今尚未賜字。前者姑且不論，後者就不如早早賜字為好。其實此事一到西都就該談了，但因為賓客眾多，只好延後到客人都回去了再來商議。

這點玉袁想必也心知肚明。不需要說破，直覺靈敏的人應該都知道壬氏會談起此事。本以為這次卯柳會針對此事說些什麼，但女兒鬧出的問題堵了他的嘴。

縱然是自家人，對身為皇帝嬪妃的里樹妃做出惡意行為就是大罪。而且這次還明顯地試圖湮滅證據，更是罪加一等。後宮那些里樹妃的侍女欺侮她的手段都還比較巧妙。

卯柳也似乎是把里樹妃的姊姊寵壞了。

本來是應該責罰的，但里樹妃不願如此，因此這事就以卯字一族未來將功贖罪的形式了結。

聽到能夠獲賜別字，玉袁一瞬間面露喜色，但隨即垂下了眉毛。雖不知這是演技還是真正的表情，總之看來不像要坦率答應的樣子。

壬氏雖很清楚原因，但裝傻問道：

「閣下是否有事煩惱？」

「也沒什麼，只是這麼一來微臣就得前往京城了。」

「恐怕是了。」

沒錯，在京師與西都之間往返，無論如何晝夜兼程都得花上一個多月。治理西都的玉袁人一離開，將出現許多難處。但他也明白此事容不得他拒絕。

玉袁有個兒子，是大了玉葉后好幾歲的異母哥哥。聽聞這對兄妹不同於卯字一族，感情融洽。

「微臣有個兒子，假若一切太平，留他代理政事也是可以，只是……」

問題就在於「假若一切太平」。

想到玉葉后封后的理由，答案就再明白不過了。因為玉袁想必很想盯緊西側的動靜。西都再往西走就是砂歐，若是只有這一國的話還好，問題是越過這個國家，還有北亞連與西都互相往來。

為了安定西境，北亞連與玉袁一族有所往來，但正因為如此，家主離開時要是發生什麼事就可怕了。並且就身分而言，玉袁無法讓兒子代替自己上京。因為按照規定，獲賜別字時必須由家主親自拜領。

雖然是陳腐的習俗，但輕視不理又會落人口實。況且在這方面疏忽的話，今後難過的是玉葉后。

玉袁原本是西都的官員。即使地位不低，看在京城高官們的眼裡仍然只是個邊疆的鄉巴佬。但玉袁自從戌字一族失勢後一路平步青雲又是不爭的事實，因此也就難免飽受批判。

「抱歉，但還是想請閣下走一趟。」

雖然過意不去，但除此之外別無他法。壬氏與皇帝也都知道這是在強人所難，提出這事的並非二人，而是京城裡那些高官。其中不知有多少人讓家中女眷進了後宮。

「以對付一步登天之人的手段來說，竊以為這才剛開始罷了。」

嘴上這麼說，從玉袁的神情中卻能感覺到從容。恐怕如果連這點程度的欺侮都沒有氣概斥退，就無法插手政事吧。一般都以為一步登天之人根基不穩，但看來不適用於玉袁身上。

「微臣明白了。」

雖然早已知道結果，但這話仍讓壬氏安心不少。然而，玉袁的話還沒說完。

「只是，不知可否加個條件。」

「條件？」

「是，微臣希望能有人輔佐犬子。不幸我這兒子涉世未深，只通曉社稷的西側情勢。如果可以，微臣想找一位熟知中央情勢之人幫助他。」

也就是說他答應無理要求，但中央得以人才交換。

「嗯，這點小事不難。是否已有哪個人引起了閣下的注意？」

這壬氏可以體會。今後若要成為玉袁的繼承人，中央情勢也得有所了解才行。他自然會想讓兒子稍稍增長點見識。

「回殿下，舉行宴會之際，挺身面對獅子的少年英雄……馬閃閣下給人的感覺似乎與平素大有不同啊。」

「他啊……」

玉袁相中的人選若是馬閃就傷腦筋了。別看馬閃那樣，他可是能向壬氏正常回話，而且能讓壬氏卸下心防的寶貴人才。

「不不，微臣沒有此意。微臣萬萬不敢讓馬字一族之人屈就輔佐犬子。」

見壬氏有此反應，玉袁即刻否認。

馬字一族雖是賜字家族，但並未出任大臣之類的顯貴職位，而是忠於輔弼皇族的身分。此外，未繼承別字之人還另當別論，但像馬閃這樣有別字之人都注定成為皇族的近身侍從。反過來說，就是不會成為其他人的下屬。

玉袁之所以即刻否認，是因為要求馬閃輔佐兒子，就等於宣稱自己的家族與皇族同等。就算被解釋成以下犯上也不奇怪。

「微臣只是覺得沒有多少人面對獅子能無所畏懼，還一擊打中牠的要害，實在佩服不已罷了。」

看來他純粹只是想讚美馬閃一番而已。馬閃受到別人大加讚賞，雖然讓壬氏感覺有些奇異，但關於這點壬氏也有同感。馬閃平素行事雖然經常慌張失措，遇到關鍵時刻卻莫名地大膽無畏，且行動迅速。越是面臨危機，他行動時越是憑藉直覺而非思考，但到目前為止直覺都沒失準過，這點值得嘉獎。

坦白講，就練武來說壬氏與馬閃是不分軒輊。由於論武藝是壬氏為上，因此在進行比試時，常常是壬氏得勝。

但一旦換成實戰，壬氏卻不認為自己鬥得過馬閃。這也是高順為何明知馬閃尚不成熟，但仍讓他跟隨壬氏的原因。

「有那樣膽識過人的英雄擔任護衛，殿下想必相當放心吧。」

玉袁沒看過馬閃平素有點迷糊的地方，所以對他是讚不絕口。

「是嗎？我會轉告馬閃的。」

壬氏只簡短回應，然後開始思考人才的問題。玉袁既然向壬氏主動提起，可見應該是心裡已有人選。

「……那麼，閣下想要何種人物？」

聽壬氏單刀直入地說，玉袁緩緩點了個頭。

「關於這點，微臣想請求京城的一位大人幫助。」

「哦？是誰？」

是京城的舊識，還是玉葉后從中斡旋？皇后眼尖得很，找到中意的人才送回故鄉，對她來說只是小事一樁。

玉袁溫和微笑，說出了驚人的話來：

「能否請殿下向羅漢閣下美言幾句？」

壬氏好不容易才壓抑住臉部的抽搐。

與玉袁道別後，壬氏回到為他準備的客房，慵懶地躺到臥榻上。

「這就是最後一件事了吧。」

「是。」

換作是高順的話會唸壬氏幾句，但現在只有馬閃在場。馬閃方才待在外頭似乎情緒也很緊繃，現在終於鬆了口氣。

在京城度日雖然也一刻不得清閒，但比此地好多了。只是幸好里樹妃她們先回去了，多少還輕鬆一點。只有藥舖姑娘被羅半用兄長特權帶回去這件事，是他失算了。

這件事就某方面來說讓壬氏鬆了口氣，但同時也有些心焦。縱然現在急於行事，壬氏擺明了也只會被個頭比自己小上一尺的姑娘耍著玩。他決定樂觀看待此事。

「總管喝果子露嗎？」

「就這個吧。」

馬閃動作生硬地準備果汁。壬氏在離開房間時會讓下人進來整理床褥等等，但人在房裡時則要求傭人盡量不要進來。壬氏並非信不過玉袁家的傭人，但他以前有過幾次不愉快的經驗，因此現在都盡量避免。可能是玉葉后事先告知過了，傭人們除非他們吩咐，否則從不踏進房間一步。

為了安全起見，外頭的護衛會先喝過試毒，然後再由馬閃試飲。這其實只是做個防範，如果是慢性毒藥則不具意義。這方面只能選擇相信玉袁了。

壬氏喝口帶酸味的果子露，漫不經心地思考明天的事。總算可以回京城了，回程會比來時快。壬氏比較偏好走陸路回京而非坐船，但既然能縮短時日就沒得挑剔。

他很想早早回京，然而周遭的人卻拉著他說話，想吸引他的注意。回京日期之所以有所拖延，雖然宴會騷動或參加葬禮也是原因之一，但那些冗贅的談話也造成了不小影響。

玉袁或許也是想到這一點，才會把事情擺到之後再談。在西都只要搬出玉袁的名字，就很容易脫身。只要這麼說就成了：

「晚點我與玉袁有約。」

即使如此，還是有人帶女兒或妹妹來斟酒，或者是準備充滿異國情調的美女。那些女子身上擦的香水，也許含有類似春藥的成分。對那類成分特別敏感的馬閃沒喝酒就已經全身通紅，就某種意味來說是很好用的試金石。

不過，對於馬閃這個奶兄弟兼竹馬之友，壬氏也不是毫無所感。日前，他們兩人被阿多撞見了極其啟人疑竇的場面。當時他還以為馬閃終於長大成人了，結果弄半天似乎是一場誤會。

馬閃面對妙齡女子的態度還是一樣青澀。只有貓貓能讓他以平常心相處，就某種意味來說，或許是他認為貓貓不那麼脆弱。雖然壬氏很想告訴他，那個姑娘除了不懼毒物之外，身子骨既嬌小又纖瘦，還是很脆弱的，但不可思議的是壬氏無法想像她肢體傷殘的模樣。也許是因為看過太多次她服毒卻哈哈大笑，或是被人誘拐竟還能若無其事地脫身的模樣。

壬氏大可以認定馬閃只是沒把貓貓當成女子看待，但總覺得心情很複雜。馬閃的父親高順在他這個年紀時，已經有了三個子女。一個對女子過度殷勤的男子，兒子卻是這副德性。姊姊與哥哥都已經嫁娶了。

把杯子喝乾後，他看向馬閃。

「你家裡的人，差不多已經開始催你成家了吧？」

壬氏這問題似乎把馬閃問得措手不及，他臉頰抽搐起來。答案一看便知。壬氏的奶娘是馬閃的親娘，她是什麼個性壬氏很清楚。那可是一位能讓高順自稱懼內的嚴母。

馬閃臉色發青，變得滿頭大汗，似乎因為想起了什麼事情而嚇得發抖。

「母、母親是有要求微臣，與、與人相親……」

「總不可能給你挑個壞對象吧。」

壬氏表情不變，只在心中賊笑。最近這種矛頭總是找上壬氏，他偶爾也想當當追問別人的一方。

「令慈好歹有給你看過畫像吧？」

「是，只是看看。」

這或許是明智之舉。反正光用看的，也看不出做了多少粉飾。對方也有可能用近乎欺詐的手法讓他接受相親，再把生米煮成熟飯。馬閃在女子面前還是個青澀小子，腦袋死硬可比金剛石，會認定一時糊塗就得一輩子負責。

馬閃歪扭著眉毛，表情複雜地低下頭去。他盯著纏了白布條的右手看。

「……微臣還太不成熟，竊以為與女子相處，言之過早。」

這話聽起來儘管過於軟弱，但壬氏看到他那神情，卻後悔不該尋他開心。

「你還在為那事介懷嗎？」

「……」

壬氏知道馬閃不擅與女子相處，原因跟他的母親與姊姊有關。而在某種意味上，壬氏也是原因之一。

當年馬閃的母親由於片刻不離壬氏，年幼的馬閃都是讓比他大兩歲的姊姊與女侍照料。小孩子天生就會彆扭鬧脾氣，但馬閃的情況有些不同。

在習武者當中，有些人能在戰鬥中發揮超乎訓練的力量。據說武林高手會感覺對手的動作變慢，也會變得感覺不到疼痛。

此種力量本來需要長期鍛鍊培養，然而以馬閃來說，他是天生如此。是純屬偶然，抑或是有幾百年歷史的將帥門第才能生下這樣的虎子，則不得而知。只是直截了當地說，這無疑是一種天賦。

小馬閃任性地喊著要找娘，把脾氣發在姊姊或女侍們身上。平時她們總是好言安撫一番就結束了，但那時似乎並不管用。馬閃用楓葉般的小手抓住了姊姊的手臂，然後就這麼把它折斷了。

當時，馬閃還只是六歲的娃兒，自己似乎也弄斷了一根手指。力氣太大，造成的反作用力也大。

自從那件事以來，馬閃就跟哥哥姊姊分開住了。後來過了一陣子，他才與壬氏見到面，壬氏記得起初他覺得馬閃是個不愛理人的傢伙。但那是當然的了，因為馬閃的母親等於是被壬氏搶走的。後來他們讓馬閃與壬氏一同修習劍術，除了是培育將來的近侍，另一方面或許也是顧慮到馬閃的心情。

壬氏之所以會聽說這件事，是因為到了十幾歲時，他取笑馬閃總愛跟侍女們保持距離，被高順瞧見了。

「女子都是很柔弱的，微臣要接觸她們還太早了。」

被他這麼回答，壬氏就沒立場說什麼了。取而代之地，他遞出空杯，要馬閃再給他一杯果子露。

六話　羅字一族　上篇

（這會不會出事啊？）

貓貓一邊啜飲茶水一邊心想。習慣成自然真是可怕，麻煩就麻煩在會失去警覺性。

「就某種意味來說，這算是一種熱烈歡迎嗎？」

羅半也在啜茶。

兩人的面前，有一名板著面孔的男子，與他們隔著桌子雙臂抱胸。

「哥哥。」

假如相信羅半所言，眼前的男子就是羅半的哥哥了。個頭中等，臉孔還算端正，但也就這樣了。這讓貓貓想起，羅半雖是怪人軍師的養子，但沒說過自己沒有其他兄弟，只是貓貓這麼以為罷了。

羅半把貓貓帶到了一棟宅第。地方離渡口不遠，走路就能到。陸孫雖也下了船，但他說：「在下是個外人，不便跟去。」而留在渡口的客棧。貓貓是覺得他大可以乾脆跟阿多她們一同回京，但好像是不能這麼做。

那個快樂沒煩惱的克用，說要從渡口跟人共乘馬車上京。只要有緣，以後應該還會碰到面。

宅第不在城裡，孤零零地坐落在鄉間。屋宇是很氣派，奈何周遭盡是窮鄉僻壤。真要說起來，一個在京城享高官厚祿的男人被趕到這種地方來，想必會覺得受了奇恥大辱。

（悠哉悠哉地跑來這種地方不要緊嗎？）

周遭似乎是農村，可以看得到田地。往更遠處眺望可以看到零星幾間小民宅，但以村落來說之間離得太遠了。田裡種著有些陌生的作物。

看起來很像打碗花，但打碗花很少結果，所以與雜草無異。但此地卻用大片土地栽培那種植物。

（那是什麼啊？）

兩人準備前往那棟宅第時，在路上與這名男子擦身而過。

男子一臉慌張，把羅半與貓貓帶進了附近一間柴房。柴房裡正好有壺茶，兩人就擅自喝了。茶水沒有怪味，喝了應該不會有事，不過味道獨特，似乎是某種焙茶。柴房看起來像是穀倉，裡頭擺放著經過整理的農具，看得出農地主人做事一絲不苟。

「你來做什麼！」

「還能做什麼，弟弟來探望哥哥不行嗎？」

只是實際上，八成是來打賺錢念頭的。
「父親在嗎？弟弟想跟父親說話。」
「父親？你說那狐狸眼嗎！」
「不，我是說父親。義父人不是在京城嗎？」
「……」
羅半的哥哥一聽就不說話了。先是不說話，接著「砰！」一聲拍了門板一掌。
「快給我滾！趁他們還沒看到你。」
「怎麼這麼狠心啊，弟弟這麼久沒見到哥哥了。」
「你已經是別人家的兒子了。」
聽他們倆講話總覺得傻裡傻氣的。貓貓打開茶壺往裡頭看看。看來不是茶葉，而是炒焦的麥子。貓貓很是佩服，心想原來還有這種用途。
羅半悠哉地啜茶，羅半的哥哥則是小題大作地想趕他走。貓貓看看放在小屋牆角的藤蔓，那似乎跟種在外頭田裡的是同一種植物。有人把藤蔓切斷，泡在桶子裡。仔細一瞧，藤蔓上長出了小根鬚狀的東西。也許是要把這個再拿去種。
葉片確實很像打碗花，不過似乎是別種植物。貓貓開始在架子上翻翻找找，她好想知道那是種什麼的農田。翻了半天只找到桶子或手巾，於是貓貓從窗戶往外看。雖然被小屋的陰影遮住了，但可以看到長出牽牛花嫩葉的花盆。

（但也不是牽牛花啊。）

小屋後頭也栽培了許多牽牛花，可能是用來觀賞的，也可能是作為生藥。牽牛花的種子稱為牽牛子，具有通利二便之效。但同時毒性也強，必須謹慎使用。

看到貓貓從窗戶探出頭去，羅半的哥哥啪答一聲關上窗戶。

「妳在做什麼！」

「沒什麼，只是想看看牽牛花。」

「話說回來，妳是誰啊！」

怎麼現在才問這個？

「她是我們的妹妹啊，哥哥。」

「我只是個外人罷了。」

「到底是哪個！」

羅半的哥哥握起兩隻拳頭說了。

貓貓與羅半互相對看。

「……反應好大。」

「是吧，這可是少有的人才，說什麼都會願意吐槽呢。」

「別盡講些我聽不懂的話！」

羅半的哥哥原地跺腳，反應實在有趣。

羅半用茶壺倒茶端給哥哥，他一口氣把茶喝乾，然後似乎是燙著了嘴，一揮手把碗扔了出去。貓貓接住飛過來的木製茶碗。

「反應真是太有趣了，過度正常反倒很新鮮。」

「是吧，這一型的看似常見，其實不可多得。」

「偶說了，別盡講些偶聽不懂的哇。」

羅半的哥哥笨笨地伸出舌頭說了。

享受反應也享受夠了，該回到正題了。

「話說這位大哥似乎想把我們趕走，可是這是為什麼呢？雖然我能體諒你痛恨這傢伙背叛親生爹娘，轉為投靠卑鄙狐狸軍師的心情就是了。」

「哥哥怎麼會恨我呢，妹妹？」

「是很恨沒錯，但不是為了這個。」

「哥哥，你還真恨我啊？」

羅半一臉認真地對哥哥說了。難道他都沒有自覺嗎？

羅半的哥哥無視於他說的話，看向貓貓。

「他叫妳妹妹，妳是羅漢的女兒嗎？」

貓貓回以青面獠牙的表情。羅半的哥哥嚇得肩膀一跳。

「貓貓，哥哥都被妳嚇到了，不要露出這種表情。不可以喔。」

羅半用一種哄小娃娃的口吻說道，讓貓貓氣上加氣。貓貓把頭扭向一邊，再喝一杯茶。

羅半的哥哥讓抽搐的臉孔恢復正常，坐到了椅子上，做深呼吸讓心情鎮定下來。他才剛要開口，貓貓就瞪他。於是他按住額頭，斟酌著用詞開口道：

「總之頭銜是什麼都沒差，勸你們最好早早離開這裡。就算妳真是羅半說的那種身分也一樣，甚至更糟。」

「看哥哥這樣子，問題似乎不容小覷啊。」

「知道就別說笑，還不快走。」

但他這種反應反而讓人更好奇。羅半眼鏡一亮。

「哥哥，到底發生了什麼事？」

「勸你還是不知道的好。」

「我只要知道原因，就會乖乖離開了。」

「一旦讓你知道，就不能找藉口推託了。」

（羅半的哥哥，你這樣是適得其反喔。）

就在這樣一問一答的過程中，羅半試圖挖出想知道的內情，恐怕遲早就會被他問個一清二楚。但還沒成功，一個轉機先來臨了。

只聽見一陣「喀答」開門聲，來了一名拄著拐杖的老人與中年女子，以及數名像是隨從的人。

「才在覺得怎麼這麼吵呢。」

中年女子瞇起眼睛瞪著貓貓他們。羅半的哥哥臉色鐵青。

「好久不見了呢，羅半。約莫有三年了吧？」

「久疏問候，祖父大人、母親。」

羅半一步向前，深深低頭行禮。

（祖父大人、母親。）

換言之，就是羅半那些被趕出京城的家人。

老人眼神凶惡，板著面孔，蓄著長鬍。一看就是個頑固老頭。

中年女子雖然面容姣好，但瞇起的眼睛隱約讓人聯想到猛禽，與子字一族的某個女人很像，就是樓蘭的娘親。換句話說，就是有點可怕。女子一身綾羅綢緞，但有點不入時，手腕上戴著白色手環。

「看你帶了個窮酸的姑娘來，是不是下女啊？」

貓貓早已習慣了這種約定成俗的侮辱。她低著頭不說話。

「怎麼這麼說呢，母親？她是我妹妹啊。」

「羅……！」

羅半的哥哥講到一半，急忙摀住了嘴。

「妹妹……你是說她是羅漢的女兒嗎？」

老人開口了。

貓貓低著頭，表情扭曲。

恐怕羅半的母親表情也跟貓貓一樣扭曲。連貓貓都聽見她咬牙切齒的聲音。

「可以這麼說。」

羅半的哥哥也用嚇人的表情瞪著他。難怪他方才一個勁地想把貓貓他們藏起來，原來是因為這個。

羅半的哥哥不想讓自己的祖父大人或母親見到貓貓他們。貓貓也一樣，跟這些人最好是避不見面免得出事。

老人低下頭去，然後發出模糊的聲音。一開始還沒聽出來，結果好像是在笑。

「哈哈哈哈，你是從哪兒得知風聲的？」

「哪兒是指？」

羅半偏著頭。

（他在說什麼？）

貓貓也緩緩抬起頭來露出不解的表情，但對方沒察覺。也許是因為貓貓與羅半都屬於表情比較匱乏的一類。老人毫不在意地繼續說：

「你們若是想跟著羅漢，老夫勸你們三思。那傢伙已經成了廢人，乖乖地被老夫關著呢。每天就只是一個人嘟嘟噥噥地自言自語，看了就讓老夫不舒服。」

「關著？」

貓貓與羅半面面相覷。

羅半的哥哥以手扶額，大嘆了一口氣。

「祖父大人，您究竟在說什麼？」

「你還要裝傻？你那義父雖是個怪人，但足足十天都沒回府必定讓你起了疑心吧？所以才會來找人不是？」

雖不知是怎麼回事，但事情好像莫名其妙地複雜了起來。而依照這個老人也就是羅半祖父的說法，那個老傢伙不知怎地似乎被關在屋裡，雖然令人不敢置信就是。

「呃……祖父大人說足足十天，但我跟貓貓已經離開京城有一個月以上了。」

羅半抓抓後頸說了。

「……此話當真？」

老人緩緩將視線移向貓貓。

貓貓從行囊中取出一個小盒子，打開來，裡頭有個奇妙植物的盆栽。貓貓跟人要了仙人掌的小盆栽。

「我們這兒市面上還沒有在賣此種植物。」

另外貓貓也帶了刺兒李（鵝莓）果醬等東西回來，不過還是保留原形的東西看了比較清楚。

「另外還有毛織或絲織品。」

面對未曾見過的植物，羅半的祖父與母親看得目不轉睛。一看就知道都是西方的土產。

「你們說的是真的？」

「我們說謊又能怎樣？我買了雪茄菸當伴手禮，祖父大人與母親要不要一些？」

羅半也打開了行囊。菸草有很多都是舶來品，在京城買價格昂貴，但在西都卻能便宜購得。

「……」

羅半的祖父與母親互相對望。然後，祖父高高舉起了手。

「捉住他們。」

兩人身後的幾個傭人往貓貓他們走來。貓貓他們就在有些蠢笨的狀況下被捉住了。

「這下可傷腦筋了。真沒想到竟連我都被關起來，我還當他們是一家人咧。」

「你是說叛徒吧？」

「真是失禮。」

羅半如此說著，坐到椅子上。雖說被關了起來，但這兒似乎就只是間普通的客房。家具雖然陳舊但做工確實，打掃得也算乾淨。貓貓像個壞心眼的婆婆般用指尖滑過架子或窗戶，檢查有沒有積灰塵。

「不過話說回來……」

此事有很多令人疑惑之處。假若羅半的祖父大人所言屬實，那個老傢伙人就在這宅第裡，而且被關了起來。那個老傢伙雖然行事常常粗心大意，但會這麼輕易就被捉住嗎？

「那個老先生說的是真的嗎？」

羅半聞言，把一頭捲毛抓個亂七八糟。

「不能說沒那個可能性。」

「那個老傢伙耶？」

「……貓貓，有件事我沒跟妳說。」

羅半輕聲開始說起。

「去年在綠青館買的娼妓，身體狀況一直不好。」

「可想而知。」

她本來就已經來日不多了。怪人軍師卻偏偏要買下這麼個落魄娼妓。

「此番遠行義父之所以沒同行，就是為了這個緣故。」

難怪陸孫屢次希望貓貓能去怪人軍師的府邸一趟，原來是為了這個。

貓貓靠到窗邊。窗戶裝了木頭柵條，無法脫逃出去。從柵條之間可以看到農民在田裡幹活。不知道他們究竟在栽培什麼作物。

「義父以往向來不把人當人看，但自從那個娼妓進了家門，整個人變了很多。老實說，我看了都覺得害臊。」

「是喔。」

「他們倆每天都下圍棋或將棋，我覺得是圍棋下得比較多。然後呢，義父去上朝的時候可就傷腦筋了。他會帶上棋譜，對方每下一子，就讓信使在府邸與宮廷之間來回放棋子。」

那可真是給人找麻煩，貓貓對那信使深感同情。

「但信使只忙碌到新年，之後就一點一點地閒下來了。」

「不管你說什麼，都跟我無關。」

怪人軍師不可能放著患病的娼妓不管，笨頭笨腦地被人捉住。

只能說是陽壽已盡。貓貓認為比起在煙花巷過活，已經算長命了。

貓貓之所以心情平靜，一方面可能也是出於這種思維。即使別人看了覺得她冷漠無情，也莫可奈何。懸壺濟世之人經常得面對人的死亡，如果每次都傷心哭泣，會沒辦法醫治下個患者。

（不過也有人每次都落淚就是。）

明明習慣就沒事了，貓貓的養父卻一輩子從不習慣也看不開。她覺得養父是個活得笨拙的傻子，但也因為這樣才尊敬他。

「別說什麼跟妳無關，聽了多寂寞啊。倘若是那個娼妓死了，就算是義父恐怕也承受不住。」

「你是說他被人趁虛而入，才會被帶來這兒？」

真是件蠢事。那個老傢伙好歹也是個高官，失蹤整整十天的話別說養子羅半，別人也會騷動不安才是。

貓貓一問之下，得到的回答是：

「義父在為她贖身時，到頭來半個月都沒上朝。回朝之後也沒累積多少公務。」

（都不用幹活的啊？）

毋寧說要這人何用？

「最重要的是，義父以外的人都很勤奮能幹，除非出什麼大事，否則義父就算半年不在也不影響政務運行。」

（皇上怎麼不把這人革職算了？）

貓貓開始擔心皇上會不會是有把柄落在他手上。不過其實應該是那老傢伙深諳識人之法才能如此。

「你不覺得這一整個綱紀廢弛嗎？難道說宮廷比我想像中更沒紀律嗎？」

「被妳這樣問，我只能跟妳說因為是養父所以沒轍。」

貓貓長嘆一口氣。

「祖父大人大概是想逼義父交出家主的位子，才會把他囚禁起來吧。」

「我搞不太懂，你們的家主都是怎麼選出的？」

聽說那個老傢伙從羅半的祖父手中奪走了家主之位，但她聽得一愣一愣的。莫非就像樓房或物品那樣，有份所有權狀嗎？

「基本上來說，賜字家族在拜領別字時，會獲得皇上賞賜一物。持有此物者就是家主，朝參時會帶上。不過說是朝參，並不是每天，只限特別的時候，平時一般來說都會仔細收好。在過繼家主之位時按照慣例，新舊家主必須一同進謁御前。義父說是奪走了家主之位，但這些步驟可沒少做。」

「他是怎麼逼那老先生做的？」

看羅半的祖父那樣，不像是會甘願交出地位的樣子。那個老先生真的會乖乖去進謁嗎？

「很簡單啊，讓祖父大人失勢就是了。因為祖父大人與美麗的數字沒什麼緣分。」

「是你蒐集的證據吧？」

問羅半當時幾歲可能就不知趣了。

「因為祖父大人的所作所為坦白講只是小惡，受罰的至多就他本人。就算反過來威脅義父這樣會傷害家族名聲，義父也不是會在意那種事的人。」

那個老傢伙似乎是說，要麼失去現在的地位外加淪為罪人，要麼交出家主的位子，逼他二選一。而且連孫子都參了一腳。這傢伙八成是嫌數字不美，或是覺得調查此事很有意思，才會協助那個老傢伙吧。

「我徹底明白人家為什麼不把你當家人看了。」

「怎麼忽然說這個？」

而且本人還毫無自覺，真不愧是怪人的姪子。

「可是，那老先生之前不都乖乖窩在這鄉下嗎？怎麼現在突然有動作了？」

「可以想到幾個理由。」

羅半豎起一根手指。

「其一、我國的公家文書每過十年就會銷毀。或者應該說是隨著歲月而被淡忘，除非是非常重要的文書，否則不會受到嚴密保管。祖父大人賺點零用錢的證據，不跟那些文書交相比對的話也就是紙屑罷了。」

他再豎起一根手指。

「其二、祖父大人找到了義父的弱點，出事時可以此作為要脅。當然這等於是捋虎鬚。」

羅半將豎起的兩根手指朝向貓貓，貓貓不悅地把它打掉。以此次情況而言，捋到的虎鬚不是貓貓，而是那個娼妓吧。

「他隱居在這種鄉野地方，有法子聽到那些風聲嗎？」

「等會等會，聽我把話說完。」

說著，羅半豎起第三根手指。

「其三、有人把這類風聲告訴了祖父大人。」

（啊！）

的確，至今已經有了一些端倪。

「你是想說這次也是同一回事嗎？」

這次也是。不只襲擊了里樹妃的盜賊，西都算命師的事情也讓人聯想到白色的仙女。手法很相似。

「哎呀，只是有可能罷了。只是，也不能說全無可能。」

的確是如此。最好別立刻斷定，而是當成一種設想的狀況。

這麼一來，有件事讓貓貓不解。

「假如這幾件事有關連，有件事讓我掛心。」

「什麼事？」

貓貓總覺得這陣子的一連串怪事，總是有著白娘娘的影子陰魂不散。到處都有事情讓人不禁多做猜想。只是，有一點讓她不解。

「我在東西兩邊都聽說過似乎與仙女有關的事，但你覺得本人真的有涉入那些事件嗎？」

「如果下手的不是本人而是與她有關之人，那我還能理解，但就算如此，你不覺得他們腳程也太快了。

消息分享得太快了嗎？」

「……確實。」

在西都聽說的算命師，手法雖然與白仙女有些相像，但她是從哪裡獲知遠在東方的里樹妃異母姊姊的情事？假如雙方分享了消息，又是如何辦到的？其中疑點重重。

「假若是來自京城的同行者當中，有人與白娘娘狼狽為奸呢？」

那就能查出是哪些人去了西都。

「不，這樣的話算命師的事情如何解釋？她應該在那裡待了少說十天以上吧。」

「就是這點奇怪呢，有點說不通。」

羅半嘟噥著說。

「不過話說回來……」

貓貓一邊望著外頭一邊低喃。

「話說回來？」

羅半重複一遍她的話。

「他們不會不給我們送飯吧？」

貓貓看著田地說了。農夫還在辛勤地幹活。

貓貓的擔憂結果只是杞人憂天。

飯菜還算不壞，也沒用不好的食材。菜餚裡有魚有肉，不過魚有點鹹。越是地處內陸，海產類越常以鹽醃漬保存。宮廷菜裡使用的魚，都是把剛打撈上岸的海魚趁著還沒腐壞前快馬送來，因此不會用鹽醃漬。

芝麻球倒是意外美味。內餡不是芝麻餡，不知道是栗子泥還是豆沙。滋味香甜軟糯，也許是用了蜂蜜或麥芽糖來調得柔細。

（不，好像是甘藷？）

貓貓一邊猜出了答案一邊品嚐。

即使是不甚愛吃甜食的貓貓都吃了兩顆，羅半吃了足足五顆。

「真佩服你吃得下這麼多。」

「妳知道嗎？用頭腦會讓人想吃甜食。」

說著，羅半又拿了一顆放進嘴裡。

「這兒的家主嗜甜嗎？」

甘藷目前還是少見的作物。像貓貓這樣待在綠青館或後宮的人還有機會瞧見，但她認為在市面上應該不常出現。其他菜餚都沒什麼稀奇，莫非是家主對點心餡特別講究？

「我記得大家並沒有那麼愛吃甜食，雖然也不討厭就是。」

「是喔。」

貓貓飯後來一杯茶。這不是用麥子烘焙而成的，有茶葉的味道。

「對了，剛才你爹好像沒出現，他怎麼了？」

貓貓無意間想起，問一下看看。

「我爹啊，不知道做什麼去了。其實我這次回來就是想見我爹。」
羅半舔掉手指上的油說了。他那動作跟狐狸眼軍師很像，讓貓貓厭惡地皺起臉孔。
「你那個爹在這件事裡頭也參了一腳嗎？」
「嗯——我想應該沒有。因為歸根究柢，義父只提出要祖父大人交出家主之位。只不過是因為消息傳得快，心高氣傲的祖父大人在京城裡待不下去罷了。我爹想留下來是行，他只是沒那麼做而已。」
「不過我看你那母親大人對這似乎心懷不滿呢。」
羅半聞言，露出了苦笑。
「畢竟母親大人是祖父大人挑的媳婦嘛，最重要的是跟義父完全處不來。」
毋寧說處得來的人才叫稀奇吧。貓貓想起那個看起來很難相處的女子，心生些許同情。
「不過，讓我跟妳睡同個房間似乎不妥，他們最好另外給我準備臥房。」
「就算睡在一塊也不會發生什麼事啦。」
「說得有理。」
話都說出口了，兩人才一起露出覺得沒趣的表情。
「話說回來，妳跟皇弟……」
「我要去小睡片刻。」

貓貓不讓羅半把話說完，就走向隔壁的寢室。

「喂，那我睡哪兒啊？」

「那兒不是有羅漢床嗎？」

「知不知道尊敬長輩啊。」

「知不知道疼愛晚輩啊。」

羅半好像還在抱怨，但貓貓沒放在心上。她決定總之先躺到床上去，整理一下狀況。

看來那個怪人軍師或羅半給了前任家主足夠的生活費，還有錢僱用傭人打理家事，但似乎沒優渥到可以添補高級家具，或是餐餐山珍海味的地步。

貓貓認為這已經夠寬宏大量了，但對於原先在京城養尊處優的人而言想必等於忍辱偷生。這種屈辱悶在心裡好幾年，假如現在終於爆發，那是誰點燃了導火線？

貓貓想起羅半母親配戴的白色手環。她那時沒看仔細，但感覺很像以前看過的那種草繩般蛇形白繩。貓貓希望是自己弄錯了，卻忍不住往壞方面想像去了。

（那個仙女真是陰魂不散。）

她神出鬼沒，在每個地方都留下足跡。讓貓貓不禁懷疑她是否使了仙術，擁有好幾個分身。

貓貓一邊希望有人能早點捉拿到她，一邊沉沉睡去。

回過神來時已是傍晚。東西的碰撞聲與講話聲音把貓貓吵醒了。

貓貓邊打呵欠邊走出寢室，只見屋裡除了羅半之外，那個乖僻的老先生也在。若是只有老先生一人的話或許還能撞開他逃走，但在他背後可以看到傭人的身影。

老人看到剛睡醒的貓貓，臉孔扭曲了起來。不知道是頭髮睡亂了、眼角積了眼屎還是臉頰上有棉被壓出的痕跡，總之就是讓他看不慣。

「隨老夫來。」

老人不等他們問「要上哪去」就走出房間。貓貓與羅半面面相覷。反正不出去就只能再被關起來，於是姑且跟去。

「妳似乎的確是羅漢的女兒啊。」

「……」

貓貓沒有理由回答這個問題。只是，老人八成是利用方才貓貓睡覺的時間查出了些什麼。貓貓覺得自己連兩個時辰（四小時）也沒睡到，不知道他是如何查到的。

「那個男的真是個呆子。不管老夫做什麼，他都只顧著喃喃自語不理老夫，一句像樣的話都說不出來。只是，他倒還沒忘了妳的名字。」

貓貓頓時停下腳步。總覺得這話聽起來，她就快被帶去見一個討厭鬼了。

「我知道妳一定不情願，但還是跟去吧。在這裡鬧彆扭只會讓事情沒進展。」

羅半都這麼說了，貓貓只能繼續往前走。目的地位於宅第的邊緣，牆上有扇圓形大窗，裝了柵條。從柵條可以把房裡看得一清二楚，地板上坐著個汙穢不堪的老傢伙。

老傢伙低垂著頭，下巴留著骯髒的鬍碴。頭髮也沒綰起，嫌礙事地披散在背後。男子身邊掉了個弄髒的飯碗。看他衣服或手指上黏著米粒，似乎是直接用手扒粥吃而沒用筷子。

「義父！」

羅半跑向了格子窗。看到男子神態明顯不對勁，似乎讓他察覺到事有蹊蹺。

男子的形貌的確異常。他嘟嘟噥噥地只有嘴巴在動，簡直像是中毒的症狀。羅半似乎也作如此想，看向老人說：

「祖父大人，難道您因為義父實在不肯聽話，而給他吸了鴉片還是什麼嗎？」

「哼，老夫不知道什麼鴉片。別說這些了，快向那個男的問出傳家寶的下落。」

老人高高在上地回瞪羅半。

「還有，不是老夫把那廝叫來的。是那廝叫老夫過去，老夫才特地走了一趟京城。結果就看到他那副德性。」

老人雙手一攤說了。

的確，貓貓也覺得那不是鴉片中毒的症狀。

「宅子裡半個傭人也沒有，就只有這廝擺著張苦瓜臉對著圍棋棋盤嘟嘟噥噥、喃喃自語罷了。」

老人說是因為這男的身邊沒半個人，才會把他帶回來。

（……沒半個人？）

貓貓心想這怎麼可能，看向羅半。

「是欠錢欠到債臺高築，把傭人全打發走了嗎？」

「不，還是有留下最低限度的幾人。因為燒飯、灑掃以及照顧病人還是需要人手。」

「不過……」羅半補充一句。

「果然如我所料。」

誰如他所料，說的自然是去年贖身的娼妓了。即使傭人不在，那個女的總該在才是。狐狸眼軍師不太可能丟下她離開府邸。這個老傢伙在這兒失神落魄，就表示那個娼妓死了。

老傢伙整個人看起來就像失了魂似的。但身體在動，看似在與某種無形之物對峙。

難道是哪個已不在人世的人坐在他面前嗎？

「貓貓妳沒法子可想嗎？」

羅半此言一出，怪人軍師一瞬間起了反應，抖了一下，但旋即恢復原樣，又開始嘟嘟噥噥、唸唸有詞了。

可說病入膏肓了。

「你們好歹也是那廝的兒女，難道對傳家寶放在哪兒連半點頭緒都沒有嗎！」

「祖父大人問我，我問誰呢？」

「不知道。」

羅半與貓貓都搖頭。

「那麼，你們總看過這個吧！」

老人從懷中掏出了一疊紙來，上面寫著一些數字。

「這是羅漢身上的東西。羅半，你不是對這玩意特別拿手嗎？一定是暗格或什麼吧！」

老人似乎以為這是某種暗號。羅半接過紙張，把細眼瞇得更細。貓貓也探頭湊過去看。

貓貓與羅半一眼就看出這是什麼了。兩個數字寫在一塊，就這樣寫了好幾張紙。

雖然他們得知這當中沒有老人想要的答案，但現在這種狀況下沒理由據實以告。比起這事，貓貓倒滿想設法讓那個窩囊廢老傢伙振作點。坦白講，她很不想理會這事，但既然碰上了就還是早早擺平為妙。

「這宅子裡有圍棋棋盤嗎？」

「現在要那玩意何用！」

「有圍棋棋盤嗎？」

貓貓語氣不變地一說，老人嘖了一聲，叫來了傭人。不久，傭人就拿來了棋盤與棋子。

他們走進狐狸眼軍師待著的房間。怪人軍師看到棋盤擺到眼前，肩膀晃動了一下。貓貓也坐到棋盤前。她拈起黑子，羅半將白子放在軍師的手邊。

貓貓按照方才那些紙片上寫的數字，放下黑子。怪人軍師見狀，抓起白子啪的一聲放到了棋盤上。

捆起的整疊紙張，必定是這人與娼妓下圍棋時讓差役記下的。而且除了兩個數字之外，還細心地在右上角加了編號。

貓貓照著編號下棋，怪人軍師也跟著下。

貓貓不是很擅長下圍棋。只是，序盤有所謂的定式，下法大多都是固定的。因此，貓貓認為怪人軍師會按照之前的下法進攻。

她掀一張紙就下一步棋，隨掀隨下，最後下到只剩三張紙。這時，羅半偏了偏頭。

「這步下壞了。」

他說的是貓貓下的棋。貓貓完全是按照紙上數字下的。

「……」

怪人軍師瞇眼的同時，又啪的一聲下了一子。

「照這下法，會變成棄子。怎麼會這麼下呢？」

貓貓不太懂，不過羅半似乎對圍棋多少有點研究。但她繼續下棋。
就這樣，下完最後一步時，似乎還只到中盤。
「……妳不可能會犯這種錯。」
單眼鏡怪人輕聲低語。他鬍鬚上黏了飯粒，貓貓很想叫他去洗臉，但忍住了。
「妳明知我不會錯過這一步，為什麼？」
怪人軍師沒把手裡的白棋放到棋盤上，只是瞪著盤面。
沉默了半晌後，貓貓懶洋洋地低喃：
「會不會是普通的下法下膩了？」
貓貓不是很懂圍棋，但她知道在長年的歷史當中，已經形成了某種局面下理當依循的下法。這樣想來，基本上應該要回以同一種定式。
「記得以這局面來說這兒是這樣，這樣之後就那樣……」
單眼鏡男嘟嘟噥噥、自言自語。然而他在把玩手中白子時，無意間似乎察覺到了什麼。
啪的一聲，他把那顆白子放到棋盤上。
「這是……」
羅半臉色一沉，看來這一步也下得不好。貓貓不知道接下來該怎麼下，於是把裝著黑子的棋罐推到怪人軍師那邊。怪人抓起黑子，啪地往棋盤上放。

懂圍棋的羅半，雙臂抱胸瞇著眼睛。原本還顯得詫異的神情，自從某一步棋之後似乎是發覺到了什麼，睜大了眼睛。

「喂！現在不是悠閒地下圍棋的時候，別管這了，快——」

「稍安勿躁。」

羅半制止老人。

「現在正是精彩處呢。」

羅半表情嚴肅地看著棋盤。說是精彩處，其實下棋的只有怪人一人。但在怪人的心中，黑子想必是另一名人物下的。原先亡靈般的表情，漸漸恢復了人色。

只有棋聲丁丁然，不知重複了多久後……

怪人的動作停住了。

「再來只剩收官了。」

就好像該下的都下完了，單眼鏡男停住了手，然後將他那細眼瞇得更細。

「勝負已經分曉，連同五目半的貼目，是黑子贏一目半。」

羅半看著盤面，說：「真的。」不愧是羅半，這種數字算起來一樣快。

怪人軍師立起膝蓋，將下巴擱在上頭。他一邊把玩棋子一邊瞇著眼睛。

「我一直在想，她為什麼在最後一場棋局結束前離開我。她那麼不服輸，我以為她會留到下完這局。」

怪人輕聲慢慢吐露。

「我正覺得奇怪，她怎麼會下那麼壞的一手。所以，我以為她一定是下錯了，還覺得她絕不可能犯那種錯。」

沒講給任何人聽的自言自語沒持續多久，因為老人打斷了他。

「喂！羅漢，傳家寶到哪去了！快交出來。」

老人推開羅半，站到了怪人軍師面前。怪人詫異地瞇起眼睛，先低語一句：「這枚棋子真吵。」然後捶了一下手說：「喔。」

「是父親啊？」

「少跟老夫父親不父親的，你連你親爹的長相都忘了嗎！」

什麼忘不忘，這個男人根本不會判斷他人的長相。

「親爹？喔，對了。」

怪人糊里糊塗地說完，然後從懷裡取出一個布包。

「恕孩兒事後告知，孩兒娶妻了。」

布包裡裝的是頭髮，長約五寸，以髮繩綁成一束。貓貓知道那是誰的頭髮。

老人變得滿臉通紅。他舉起手裡拿的拐杖，往怪人軍師的太陽穴打去。

「義父！」

羅半跑了過去，貓貓從懷裡掏出手絹。拐杖滑過太陽穴，擦過臉頰打中了鼻子。雖並未直接擊中頭部，卻仍打得鼻血滴答滴答地流。

「你每次都這樣！不聽老夫所言，盡講些莫名其妙的鬼話！成天任性妄為，現在這又是什麼！」

老人指著那束頭髮叫道。

「你又在戲弄老夫了嗎！」

「孩兒不敢戲弄父親，所以才會請父親進京。」

貓貓也覺得此話屬實。在宮中幹蠢事是一回事，但貓貓猜測他在這老人面前或許並不曾胡鬧。羅半的祖父說自己被叫去，原來是為了這件事。

只是，那是以怪人軍師的角度來看。人世間有些時候即使是父母子女也無法互相了解，這個老人與怪人軍師的個性實在太不合了。

「少說廢話，傳家寶呢？把傳家寶交出來！」

老先生開始大發雷霆，然後把手裡的拐杖倒過來拿。拐杖原來內藏暗器，從中出現了利刃。

「東西不交出來，休怪老夫不客氣。」

然而怪人軍師抬起視線凝視的卻不是刀鋒，而是一個人。

「貓貓？妳怎麼會在這兒？」

怪人似乎這才終於發現貓貓人在這兒。也是，假如剛剛就發現，必然不會老老實實地坐著。可見他方才有多專注於棋局。

「妳是來找爹爹的嗎！」

「不是。」

現在不是說這個的時候，看看場合好嗎？貓貓怕有危險於是匆匆移動到牆邊。

「好，既然貓貓來了，今日可得準備點好吃的才行！」

怪人緊緊握住那束頭髮說了。然後，他將那隻手輕輕伸向貓貓。

「妳願意跟妳娘說句話嗎？一句就好……」

怪人軍師神色肅穆地看著貓貓。憔悴的臉孔與骯髒的鬍鬚，讓他頓時顯得老態龍鍾。

換作是平素的話貓貓不會搭理，然而她一反常態，緩緩低頭致意。雖然無話可說，但她覺得至少致個意不為過。

「不准視老夫為無物！」

老人大發雷霆，亂揮拐杖刀。老人雖然有一把年紀了，但畢竟原為武官，身子骨比想像中更強壯。相較之下，閃到腰軍師雖是武官但事情都丟給部下做，另外兩人一個是只會打算盤不會打架的文官，以及一看就知道對拳頭毫無自信的貓貓。

老人到處亂揮利器，他們只能爭相逃命。手無縛雞之力的三人四處逃竄。老人的背後有幾個傭人，但絲毫無意幫助三人。就在貓貓躲到柱子後面，想設法逃命時——

「很危險的，若是傷到人了可怎麼好？」

她聽見了和緩穩重的嗓音。

視線移去一看，只見老人雙腳離地，在那裡死命掙扎。老人之所以吊在半空中，是因為有雙粗糙的手抓住了他的雙手。一名脖子上掛著手巾、膚色淺黑的男子抓住了他。那身衣服怎麼看都只像個農夫，也許是貓貓從房間看到的那位農民。男子人高馬大，肩膀寬闊健壯，唯有一雙眼睛看起來穩重祥和。

「喂！你這是做什麼！放手！」

「好了好了，您只要把那拐杖刀交出來，我就會放手了。」

健壯的農夫從老人手中奪走利刃，然後把拐杖裝回，口裡嘟囔著：「什麼時候做了這玩意的。」傭人們非但沒有上前解救老人，看到農民反而還鬆了口氣。

（誰啊？）

此一疑問很快就有了解答。

「爹，孩兒久疏問候。」

羅半低頭請安。

「你看起來很健康呢，雖然剛才險些出事就是。那邊那位姑娘家，是我的姪女兒嗎？」

羅半的父親吩咐傭人把沒收的拐杖拿去扔掉後，柔和的神情變得更加柔順。雖然外貌與某人完全不像，但有種令人略感懷念的氣質，使人變得心平氣和。

「那邊那個是我弟弟，沒錯吧？」

怪人軍師瞇起眼睛。

「哥哥差不多也該記住大家的長相了吧？」

羅半的父親面露苦笑。老人依然被他抓住雙手，在那裡死命掙扎。

「喂！老夫這麼做可都是為了你啊！你難道不想搶回家主之位嗎！」

「孩兒無所謂。」

「你這軟弱無能的豎子，都不知長進的嗎！」

「父親說得正是！夫君你總是這樣！」

不知不覺間，羅半的母親也來了。之前聽說她與怪人軍師完全處不來，但聽到騷動似乎還是不能不來看看。

多來了一個吵鬧的人，讓羅半的父親表情也不免稍有陰霾。

「因為我就算繼承了家主地位，又能怎樣？軟弱無能的人成為家主，也只會丟人現眼罷了。」

他這種死了心般的說話口氣，讓老人與羅半的母親氣得橫眉豎目。

「比起那邊那個傻子好多了！」

被指稱為傻子的某某人，只是笑嘻嘻地看著貓貓。實在有夠噁心。

「你都不疼愛自己的兒子嗎！都不想讓兒子繼承家主地位嗎！」

「羅半也是我們的兒子啊。」

他們現在說的兒子，想必是剛才見過的羅半哥哥了。看來背叛母親的羅半早已不被她當成兒子看待。

住在這大宅裡的人也不是上下一心，傭人們剛才還對老人唯命是從，如今羅半的父親一來，又全都一副不知該說什麼才好的神情。

「真要說起來，就算現在逼哥哥交還家主地位又能怎樣？我哪有那能耐取代哥哥督理家事呢？」

「再說……」羅半的父親補充說道。

「即使沒人關心羅漢哥哥回不回府，羅半沒回去卻似乎讓某些人擔心了喔。」

他口氣溫柔地如此說著的同時，有個傭人跑了過來。

然後傭人說：

「老爺！有位名叫陸孫的大人來訪。」

此話一出，讓老人與羅半的母親臉龐抽搐。

「……那、那又如何！把他轟出去！」

「可、可是，他還帶著一群貌似武官的人。」

「我都忘了，這附近還有處屯駐地呢。」

羅半好像現在才想起似的說了。貓貓覺得他很假。

「你、你這廝難道從一開始來到這裡，就心懷詭計嗎！」

「不，孫兒不敢，只是不巧結果就是如此了。」

他這種蠻不在乎的態度似乎惹惱了對方。老人用滿是皺紋的手往牆上打去。

「全都是一個樣！一群廢物！丟盡了家族的顏面！」

老人氣得跺腳，聲響大到好像要把地板踏穿。

「長男連別人的長相都分不清，次男又學農民幹粗活，兩個都是爛胎生下來的！老夫錯就錯在沒再留一個像樣的種！然後孽子的孩子也好不到哪去！」

老人惡罵不斷，惡言惡語聽得周遭旁人無不目光低垂。就連羅半的母親聽到這種言詞，也不免歪扭著嘴唇。

「還有那個半點劍術也學不來，還可恥地遭受宮刑的羅門，老夫的身邊一個像樣的東西都沒有！」

貓貓抖動了一下，從柱子後頭走出來，拾起掉在地板上的飯碗。裡頭還有怪人軍師吃剩的米湯。

她抓住這個飯碗，然後移動到老人面前，把碗裡快要發酸的米湯潑到老人身上。

「妳好大的膽子！」

老人氣急敗壞地反手甩了貓貓一巴掌。臉頰又熱又辣。

「貓貓！」

怪人軍師步履蹣跚地想趕到貓貓身邊，但她動作輕快地躲開。她沒能躲掉老人的手，但這種時候動作倒是很輕盈。

「沒什麼好大的膽子，不過是聽不下去，所以拿東西潑您罷了。」

貓貓聲調平靜地說了。這樣做是不對的，所以她甘願挨揍。但是，她希望老人不要再口出惡言侮辱養父。

「請不要再繼續咒罵我的養父，還請您閉上您的嘴。」

「竟敢口出狂言！妳當老夫是什麼人了！」

（還能是什麼人？）

她認為這個老人才是搞不清楚狀況。

「沒有那個什麼傳家寶的話，您不過就是個對自己毫無自信的老先生罷了。」

貓貓笑著說了。那一掌打得她嘴唇都裂了，但她毫不介意。

老人的臉孔肌肉抽搐，羅半的母親臉色鐵青。

「家族聲名或家主權位都不重要。只想問問，您真能以自己的能力為傲嗎？」

「妳一個乾癟的臭丫頭，好大的膽子！」

只會惡言相向而不回答問題，可見答案再明白不過了。這個老人向來的所作所為，不過就是傲慢地賴在家主的位子上，做些小奸小惡之事罷了。沒做出嚴重的貪汙舞弊是因為還有理智，或者只是沒那個膽，就不得而知了。

貓貓罵這老頭罵得還不過癮。但有個人影岔入了兩人之間。

「小姑娘，抱歉，就請妳到此為止吧。」

羅半的父親語氣溫和地規勸。一雙眉毛有些為難地呈現八字形。

「我明白妳敬愛叔父的心情，但這人畢竟是我們的爹啊。」

她看著羅半父親有些落寞的神情，想起了養父羅門。

貓貓硬是吞下了已到嘴邊的話。

七話　羅字一族　下篇

「還以為發生了什麼大事呢。」

陸孫大嘆一口氣說了。後來這名男子闖進宅第，將老人與羅半的母親關到了另一房間。可能是看怪人軍師一身模樣實在骯髒不堪，不用等人解釋就明白了狀況。陸孫的確也是軍師發掘的優秀人才。

「若是羅漢哥哥能早早恢復正常，問題其實可以更早解決的，真是過意不去。」

羅半的父親語氣有些疲憊地說了。難怪貓貓感到有些懷念，原來是因為這名男子跟養父羅門有些相像。不是外貌，是呈現的氣質很像。

眾人覺得繼續待在那間私牢裡不大妥當，因此換了個地方。同個房間裡有羅半的父親、羅半、貓貓、陸孫以及怪人軍師。另外還有陸孫帶來的數名男子，聽說這時候本來並未輪到他們當值，讓貓貓覺得很過意不去。

陸孫表面上只說：「在下是來迎接頂頭上司的。」但以實情而言卻近乎鎮壓。

坦白講，貓貓很不想跟怪人軍師待在同一個房間，但容不得她耍任性。她一回神就會發現怪人已經湊到自己身邊，不斷找話跟她講，弄得她很煩。貓貓本來是顧慮到他心情頹喪必須多包涵，但還是覺得難以忍受。

「貓貓，改日跟爹爹去做衣服吧。用很多上好的料子做，再給妳做些簪子。」

「……」

「幫妳打扮得漂漂亮亮的之後，就跟爹爹一起去看戲吧。就這麼辦。」

「……」

「貓貓妳很喜歡看書對吧？這樣吧，不只是用看的，替妳編一本書怎麼樣？」

無論貓貓如何充耳不聞，他照樣講他的。編書的部分讓貓貓差點做出反應，但她努力忍住了。

「哥哥，這樣大夥兒不能談事情，能不能請你坐著稍微安靜一下？」

做弟弟的羅半父親不是沒在勸戒，但語氣太弱了。養子羅半與部下陸孫也不好跟尊長強求什麼。結果，眾人的視線集中在貓貓身上。貓貓雖一臉不樂意，奈何別無他法。

貓貓轉向怪人軍師。

「你很臭，聞起來像被雨淋溼的野狗。」

貓貓捏住鼻子，目瞪口歪地看著他。

怪人軍師把鼻子湊向自己的衣袖，抽動鼻子嗅了幾下。然後，他看向羅半的父親。

「浴室在哪兒？」
「從這個房間往右走到底便是了。弟弟立刻讓人準備。」
「務必盡快。」
說完，怪人軍師就離開了房間。
「請別忘了刷牙。」
貓貓還不忘再補一記攻擊。最好半個時辰都別回來。
「有女兒真是辛苦。換作是我可振作不起來。」
羅半的父親落寞地說道。
「光用看的都覺得傷心。」
陸孫邊啜茶邊補上一句。
「話說回來，閣下來得可真快呢。我還以為你會來得再遲一些。」
羅半對陸孫說了。貓貓他們認為既然陸孫在渡口的客棧等著，他們遲遲不歸自然會讓陸孫起疑，而前來宅第找人。但雙方分開連一天都還不到，動作還真快。
「是有位大人通知了在下。」
陸孫說著，將一隻手舉向羅半的父親。
「其實功勞不在我，是有個性情彆扭的傢伙來告訴了我。」

羅半的父親望向窗外。可以看到羅半的哥哥一副幹勁缺缺的樣子，在搬運綠色的藤蔓。

「他嘴上說不想學農民幹粗活，卻還是像那樣照樣做事。雖然個性彆扭，但真是個乖兒子。」

「雖然才幹平凡，但看起來人不壞呢。」

「哥哥雖不是善人，但不敢做壞事的。」

「呃……兩位似乎都無意稱讚他呢。」

陸孫有些哀憐地望向羅半那正在幹農活的哥哥。

「父親雖說是為了兒子與孫子才這麼做，但其實差多了。因為別說我，我那兒子也沒有政事才幹。」

看他黝黑的肌膚與強壯的體魄，以武官而論似乎無可挑剔，但到頭來重點仍在個人性情。鐵鍬比刀劍槍矛更適合他，而且現在他這模樣看起來也活脫是個農夫。

「是啊，祖父為何現在忽然說這些？如果是在等貪汙證據消失，應該更早動手才是。」

羅半不解地說道。貓貓有些擔心似乎不該當著陸孫的面講這些，不過看樣子並不妨事。

「是這樣的，羅漢哥哥為了娶妻一事請父親到府，這還不打緊。換作是平時的話父親想必會置若罔聞，不會為此進京。問題是……」

羅半的父親從懷中掏出了一條旋扭起來的繩索。繩索由於被沾滿泥土的手摸過而發黑，但看得出來原為白色。與羅半那母親戴在手腕上的飾品很像。

「……我不想再看到那個了。」

貓貓把頭扭到一邊。

「呃……我什麼都還沒說耶？」

羅半的父親露出傷腦筋的表情。

「大致能想像得到，八成是夫人迷上了哪位算命師吧？」

「正是如此。」

「然後，夫人就從算命師口中得知了那怪人現在的德性？」

「這我不大清楚，只說是因為哥哥身邊沒人。」

養子羅半與親信陸孫都去了西都。也就是說即使怪人長期離府，兩個會特別擔心的人不在所以不妨事。貓貓厭煩地拿起放在桌上的東西。這是傭人端來的茶點，外觀有點像蘿蔔乾，上頭灑了白色粉末。既然盛在盤子裡，必然是能吃的東西。味道很甜，嚼起來黏黏的。雖然有點多絲，但吃起來還不錯。

（這也是甘藷嗎？）

貓貓有吃過用甘藷做成的東西，但大多都是蒸熟了搗成泥。這個可能是煮熟後曬成的。

「這真可口，我想應該是甘藷吧？」

「啊！」

貓貓此話一出，羅半好像想起某事似的挺身向前。

「我是來見爹的，爹您不是說正在栽種有意思的薯芋嗎！」

「啊！薯芋，薯芋啊。嗯，有啊。」

羅半的父親說著，拈起貓貓正在吃的東西。

「你說你想到的法子，莫非就是這個？」

「嗯，這是用甘藷蒸熟曬成的。砂糖或蜂蜜都沒放，卻比栗子或南瓜更甜，對吧？」

「就種在外頭。」羅半的父親示意他們看向窗外。原本還在好奇那是什麼田，原來是甘藷田。

羅半一邊瞇眼一邊摸摸眼鏡。

「敢問種了多少數量？」

「嗯——土地閒置著也是閒置著，所以目前還在擴大範圍喔。」

「……但怎麼看人手都不夠啊。」

「我有請附近的農民幫忙，反正甘藷多到有剩。」

如果採用種多少拿多少的實物支付方式，農民一定願意賣力。

「啊！我有照羅半你說的，沒有拿到市集去賣。就算真要賣，賣的也不是生甘藷，都是經過了處理才賣。」

「那就沒有問題。」

聽著羅半與羅半父親的對話，貓貓一肚子疑問。難道說他們想獨占甘藷生意嗎？所以貓貓只看過加工過的甘藷，難道是羅半造成的？要是能弄到生甘藷，貓貓早就開始自己種了。

「可是，這樣真是可惜了，好多甘藷剩了下來，倉廩都塞滿了。當成豬食可是大獲好評呢，聽說肉質變得更好了。」

但似乎並不會因此就決定大肆推廣。

「去年一畝田就收穫了差不多一千二百五十斤（七百五十公斤）呢。」

「一千二百五十斤！」

「隨便算算也有米的四倍。雖然也要感謝爹下過工夫，但還是很驚人吧？」

羅半補充說道。

貓貓挺身向前，看著羅半的父親。

「這是此地的特產嗎？」

「不是，是以前人家給我看了一種有趣的牽牛花，於是我高價買下了花苗，是來自南方的花卉。可是種到最後發現不是牽牛花，是用根莖繁衍而非種子。而且不知怎地就是不開花，於是我千方百計想讓它開花。」

羅半的父親望向窗外。

「自從來到這兒，田地範圍擴大了不少。後來我得知它只有在偶爾條件齊備時才會開花，卻連帶著採收到另一種奇妙的作物，就是這個啦。」

他拈起甘藷乾給貓貓看。他似乎是覺得有意思，所以接著開始拿它的塊根做各種加工，享受其中樂趣。

「後來一查才知道這叫甘藷，比栗子更甜，是一種在貧瘠土地也種得起來的作物。在這茘國之中，栽培這種作物的恐怕只有我一人吧。而且我照羅半說的，沒讓種薯外流。」

貓貓聽到這裡，已經猜出羅半想跟他父親求什麼了。她想起砂歐的女使節在西都對他們說過的話——米糧出口或是助其逃亡，二者擇一。

另外還有一事，就是如何因應今後可能發生的蝗災。

羅半很可能是想倚賴父親栽培的甘藷以解決這兩個問題。但是，縱然在再廣大的土地上栽種，以國家規模來想怎麼想都不夠多。就算有留下種薯，也還是讓人不放心。

然而，羅半的父親回答了這個疑問。

「除了塊根之外，還可以用莖蔓繁衍。現在插植想必還來得及。」

「您說莖蔓嗎？」

植物除了使用種子或塊根，還有其他繁殖的方法。即使是切下的莖蔓，只要能生根就會越種越多。

雖說如意算盤打得太早了，但暫且先估計能比原本多十倍吧。不，即使如此還是不夠多。只是薯類不同於稻米，塊根不會被蟲咬壞，這點很重要。

「爹，孩兒有件事想拜託您。」

羅半說出的話大致上如貓貓所料。他說想收購這些甘藷，還要種薯或薯苗，附帶著還要人家教他如何栽種，臉皮非常之厚。

貓貓本以為就算是親爹也不會這樣縱容他，然而羅半的父親卻始終笑吟吟的。

「嗯，好啊。」

他想都沒想就一口答應下來，然後坐到椅子上磨墨，開始寫下栽種步驟。

貓貓禁不住皺起眉頭，向羅半的父親詢問道：

「這樣好嗎？不先開好條件，搞不好會被這人揩油喔。」

「妳很沒禮貌耶。」

「哈哈哈哈，反正剩著也是剩著，只要留下給農民的份就不礙事啦。如果可以免除一點稅賦就更好了。」

這話讓貓貓眉頭皺得更緊了。她看羅半一眼，只見他眼鏡底下一雙賊眼，腦袋裡鐵定在打如意算盤。

貓貓從羅半的父親手裡搶走毛筆。

「姑娘這是做什麼？」

貓貓飛快地寫出一份契文。

「首先是甘藷的收購價格，然後還要決定薯苗的價錢。再來如果要教栽種法，這也得收錢。」

「呃，這我會考慮到的。」

貓貓也知道他會想到，但就是覺得放心不下。他給人的感覺太像養父了。

羅半不情不願地瀏覽貓貓寫成的文字，似乎是在重新考慮金錢問題。這時只聽見喀答一聲，一個滿身泥土的男子走了進來。

「阿爹，東西拿來了。」

「好，就擱在那兒吧。」

羅半的哥哥來到房裡，放下一個桶子後就走了。桶子裡裝了綠色藤蔓，大概是早就知道羅半會談起此事吧。準備得真周到。

羅半的父親拿起泡在桶子裡的甘藷藤。

「如果要讓味道更好，就別讓藤蔓長得太茂盛，可以把藤蔓上長出的根剪掉。」

說著，羅半的父親把甘藷藤拿給貓貓看。

「多出來的藤蔓還可以乾燒來吃。我是覺得挺可口的，可惜父親他們覺得難以下嚥。」
說是他們嫌甘藷藤不是人吃的東西，把菜都打翻了。又不是要他們吃樹根。
不過，甘藷能在貧瘠土地長大，用藤蔓也能繁殖，甚至連藤蔓都能吃，簡直像是為了飢荒而存在的作物。當然，現在開始大量栽種也不確定能採收多少數量，但想到方才的說法，除非真的來不及，否則收穫量應該能比米多。
難怪羅半會認真考慮那女使節說的話了。
「要是更早拿出來賣該有多好……」
聽貓貓脫口而出，羅半與他父親都面露苦笑。羅半之所以要求別把甘藷拿到市面上賣，一定是預料到今後會有更大的商機。
「因為父親臉色不是很好看，說這是學農民幹粗活。」
都已經開墾了這麼大片的農田了，老先生再不高興又怎麼樣？
「再說如果賣這麼多新作物，在稅賦方面會有很多麻煩的。」
羅半說了。的確假如要賣，說來說去都得納稅。米麥等作為主食的作物，必須繳納幾成收穫作為稅糧，比例視地方而定。
「以這附近地方來說，蔬菜只會從拿去市集賣的部分課稅對吧？」
「因為容易腐爛的蔬菜，繳納了也只會腐爛而已嘛。」

在賣得了銀錢之後如果要納稅，這些甘藷不知道會用哪種標準課稅。既然能用塊莖繁殖，可見應該還算易於保存。若是不假思索地在市面上賣出大量生甘藷，也許會課重稅。

「我是覺得反正有剩，拿去納稅也不成問題啦。」

「爹，減省稅賦是很重要的。」

貓貓看著羅半心想：你分明是屬於剝削的一方，說這什麼話？

然而，羅半的父親似乎很享受這種農村生活。雖然從體格來看，即使投身軍旅應該也能有一番成就。

「大人似乎很喜歡目前的生活呢。」

貓貓隨口問了一下。

羅半的父親喜眉笑眼地看著她。

「我是很喜歡，快樂到對大家都過意不去了。」

他一邊把玩著甘藷藤一邊說了。

「說來對父親與娘過意不去，其實我很感謝羅漢哥哥。不然，我怎麼過得了如此閒適自在的農耕生活呢？」

「受波及的其他人可吃不消。」

怪人軍師把曾為家主的父親與身為後繼的異母弟弟趕出京城，繼承了家主權位，接著又收姪子羅半為養子。雖然貓貓只知道這些，但應該是事實無誤。
只是對於羅半這父親而言，被趕出京城似乎反倒是種幸運。
「這兒真是個好地方，越是開墾田地就越多。不像在京城的府邸裡，頂多只能種種盆栽聊以消遣。」
羅半的父親雖已步入中年，卻面露年輕爽朗的笑容。
「假如這麼做能為一些人解除飢餓之苦，那麼要拿多少就儘管拿去吧，讓舉國上下都種滿甘藷！」
還真是活力旺盛。
「祖父大人恐怕會反對喔。」
「那也是無可奈何，父親的高傲就算再過十年也不會改的。這沒什麼，不過就是繼續過目前這種日子罷了。用父親的話來說就是枯燥無味的苦日子。」
他的表情莫名地冷淡。
「誰教祖父大人總是愛累積些不美的數字呢？」
說完，羅半開始計算農田的大小，以及能採收到多少薯苗。切下的藤蔓說是只要泡在水裡，可以保存數日。
坦白講，即使現在立刻開始栽培也無法保證今年之內能採收。如同世上沒有萬靈丹一樣，也沒有政策能面面俱到，只能比較利弊，對每件事做出較有利的選擇罷了。就在貓貓心想今後不知會如何發展時，砰的一聲房門開了。

「貓～貓～！爹爹洗浴回來嘍！」

一個幸好還沒忘記穿上合襠褲，其他地方一絲不掛的怪人來了。不，或許該稱他為老不修比較貼切。他好像連身體都沒好好擦乾，渾身上下跟頭髮都在滴滴答答地淌著水滴。

貓貓一臉敬謝不敏地倒一碗放涼的茶，從懷裡取出一個小瓶子，往茶裡滴了幾滴，然後靜靜地將茶碗拿到合襠褲老不修的面前。

「貓、貓貓妳！竟然願意給我倒茶！」

「請用。」

老不修一副感動得涕淚俱下的樣子，把茶仰頭一飲而盡。

「……」

把茶喝乾的同時，老不修身體軟綿綿地一晃，然後就倒到了地板上。

「妳給他下毒了！」

「只是酒精而已啦。」

他還是一樣不會喝酒，毋寧說感覺比之前更不勝酒力。

貓貓不想再多看中年人的裸體一眼，於是從寢室拿了條被子來給他蓋上。羅半與陸孫一臉沒轍地把老不修搬到羅漢床上。

「看來我家只生兒子也許是對的。」

羅半的父親面露苦笑說了。

老不修在夢中唸唸有詞，臉上浮現詭異的笑容。

「……書。」

他似乎在說夢話，嘴巴鬆垮垮地動著。

「不知大人在說什麼？」

陸孫側耳傾聽。

「……我要編書，圍棋的……」

陸孫皺起眉頭。

「不知道為什麼，大人似乎想編寫圍棋書。」

他一副弄不太懂的表情。無意間，貓貓看了看桌上。羅半正在把方才的奕局寫成棋譜。

他說這個睡昏頭老不修與娼妓對奕的棋譜另外還有一堆，多到可以編成一本書。

（是喔——）

睡著的老不修一臉心無掛礙的表情。貓貓本以為他會再難過一陣子，結果並未如此。亡靈般的神態已經消失，這兒只有一個邁步前進的怪人。

「一般來說，買下娼妓都是納為妾室，不需要父母允諾。更別說照義父與祖父大人這般關係了。」
羅半對貓貓說了。
「所以呢？」
「但義父大概還是很想拜謝父親吧，都把至今不理不睬的祖父大人請去家裡了。」
意思是說，怪人很想明確地告訴父親，這個女子便是他的妻子。
「想不到羅漢哥哥這人還挺感性的呢。」
「是是是。」
貓貓坐到椅子上，就像在說這些跟她無關。然後她拿起桶子裡的甘藷藤，試著咬了一口。
「生的藤蔓不好吃喔。」
貓貓氣鼓鼓地，把甘藷藤又放回了桶子裡。

八話　里樹妃的旅途尾聲

「漫長的旅途，就快到尾聲了呢。」

阿多站在船舶甲板上，享受著清風吹拂。

「是呀。」

里樹緊緊抓穩護欄。她的暈船症狀雖漸有好轉，但船身忽然搖晃會嚇到她，所以不敢鬆手。看到里樹的這副模樣，阿多和藹地微笑。

里樹感到有些難為情，微微噘起了嘴唇。

現在甲板上除了她倆之外，還有一名侍女與阿多喚作「苓兒」的女子，再來就是兩名護衛。

苓兒乍看之下身著男裝，但似乎是女子。起初里樹妃心裡還七上八下，但過沒多久就發覺到她是女兒身。由於阿多也是男裝打扮，這兩人並肩站在一塊非常好看。因為兩人都是高瘦身材，因此看起來既俊俏又美麗。看著她們倆，里樹會忍不住嘆氣。除了表示情不自禁的讚嘆，另一方面則是對自己不具備那種凜然丰姿而感到死心。

里樹年方十六，明明應該還能稱為發育期，身高卻從去年就停止長高，體態也很難比現在更有女人味了。有一段時期，她聽說飲用牛乳可增進女人味，試著喝過幾次卻每次都弄壞肚子，只得打消這個念頭。

她這樣多次飲牛乳跑茅廁，結果被侍女們發現了。她知道侍女們都叫她「廢妃」或是「花瓶妃」。老實說她很生氣，無奈這是事實，莫可奈何。以前她連人家是這樣叫她的都不知道，被人當成跳梁小丑，相較之下現在應該算不錯了。

「妳回後宮不要緊嗎？」

阿多向她問道。難道是里樹露出了那樣的表情？這可不好。她努力彎唇微笑。

「不要緊的。」

現在儘管不多，但還是有些人幫著她。除了侍女長之外，最近開始有幾名侍女關心起里樹了。她偶爾也會跟來幫忙浣衣的下女說說話。換作是前一個侍女長可能會說「不可跟下賤之人說話」，但自從之前她想搶走里樹的鏡子而挨罵後，整個人安分多了。

那個下女說她有一本喜歡的書，但自己看不懂，於是里樹瞞著其他侍女做了抄本。雖然只是一點小小的祕密，在缺乏刺激的後宮卻連這點小事都令她心跳加速。

阿多面對這樣的里樹，顯現出擔心的神情。

「職務也做得來嗎？」

「……不要緊的。」

職務換言之，就是身為嬪妃該做的差事。當然掌理祭儀等事也是其中之一，但阿多說的不是那些。

她說的是皇帝臨幸。

至今皇帝以里樹年幼為由，未曾命令她侍寢。但里樹如今已是二八年華，再也不能以年幼為由推託。因此這次旅途一結束，她就得準備恭迎皇上。

「妳是卯柳閣下的千金，這次的事應該與妳無關。妳與夜君之間的事也可以繼續談下去，如何？」

夜君指的是以前在後宮自稱壬氏的宦官。宦官只是壬氏的假身分，他其實是一位連名字都不可直呼的貴人。眾人皆喚他為「皇弟」或「夜君」。

關於此事，她只能搖頭。

的確，里樹早在待在後宮時就一直仰慕著他。那位宛若畫中人的翩翩君子，即使面對里樹也會面露溫柔的笑容。里樹知道那些言詞都是對上級嬪妃的客套話，但仍然很高興聽到他呼喚自己的名字，得到他的稱讚。

換作是以前那個遠比現在不懂事的里樹，必然早已欣喜若狂地答應了。比誰都要俊美的心儀之人有可能成為自己的夫君，簡直有如作夢一般。

可是，里樹她明白，那位俊美青年展露的笑顏，恐怕只是用來應付芸芸眾生的笑顏。大概是在一年多以前吧，里樹察覺到了這一點。

里樹在無意之間看到了皇弟平易近人的笑顏。那笑容並不屬於天上神仙，只不過是平凡青年的笑臉罷了。里樹第一次看到他那表情，才痛切地明白到自己對他來說，並不是什麼特別的存在。

「不了，小妾高攀不起。」

聽到這話，阿多咧嘴一笑。

「哦哦，也就是說妳當皇上的上級嬪妃就滿足了？」

「啊！小妾沒有那個意思！」

里樹揮動著雙手否定，她同樣認為自己配不上當皇帝的嬪妃。玉葉后或是梨花妃，對里樹而言都是貴不可言之人，每當參加宴會之際，她總是擔心自己不配坐在她們身邊而滿心不安。結果為了勉強振奮自己的心情，她還曾經對宮女們擺出盛氣凌人的態度。

現在回想起來真是可恥的行為。

「哦哦，那妳是什麼意思呢？」

看到阿多壞心眼地笑著，里樹微微鼓起腮幫子。阿多總是這樣挖苦她，但不可思議的是阿多挖苦她並不會讓她感到不開心。

里樹認為夜君有更適合他的人，如同皇上也是。

「……」

「怎麼了？沒話反駁了嗎？」

里樹默默注視著阿多。

阿多瞇起眼睛。她雖然外貌有如翩翩公子，但卻是女子。昔日，她曾是當今聖上的唯一一位寵妃。

充滿異國情調、紅髮碧眼的玉葉后，以及冰雪聰明、宛若豐盈薔薇的梨花妃，兩者皆是配得上待在御花園中心的好花。

可是，里樹心想……

誰陪在皇上的身邊，才稱得上才子佳人？

她想起皇上尚為東宮的那段時日。阿多與里樹一同飲茶時，皇上偶爾會驀然前來，吃些茶點再走。他會把里樹抱到大腿上，當時里樹還是個懵懂無知的娃兒，都叫皇上為「鬍子叔叔」。皇上聽了苦笑，阿多則是捧腹大笑。

現在她萬萬不敢有此念頭。

以前里樹會一邊吃甜點心，一邊看著兩位貴人心想「原來這就是所謂的夫妻」。

里樹至今仍然覺得他們兩位才是最匹配的。

或許因為如此，里樹即使覺得莫可奈何，但還是看不開。即使早在她成為嬪妃時，她就該明白這一點了。

里樹將會成為擋在阿多與皇上之間的障礙之一。

她知道自己不可能談什麼傳奇書卷中的美麗愛情。她出身如此，莫可奈何。

可是，里樹就怕她最喜歡的阿多會為此討厭她。一講到這點，里樹就不禁覺得若不是自己進入後宮，也許阿多還能繼續做上級嬪妃。

話雖如此，她也不能因此就做夜君的妻子。

到頭來里樹根本不知道自己的心之所向，只是隨波逐流地活著。她在畫卷或話本裡看過「兒女之情」，卻不懂它的真意。

「漸漸可以看到京城了呢。」

雖然眼前籠罩薄霧，仍能看到巨大外牆環繞的城郭。

「我先回船艙去了，想把行李整理一下。」

阿多總是盡量不使喚侍女，自己的事自己做，看在里樹眼裡顯得瀟灑自若。

「那麼小妾也……」

里樹也想跟去，便從護欄鬆開了手。

「呃！好痛……」

木頭護欄上似乎有些小刺，木屑刺進了掌心。里樹用手指按著想把木屑拔掉，手掌卻只是滲血而拿不掉碎片。隱隱作痛的手掌讓里樹心情沮喪，同時不禁想起了一件事。

夜君的隨從救了里樹兩次。第一次是從盜賊手中救出她，第二次是替她擋下異國野獸。起初里樹看到他輕易擊倒盜賊們的背影，嚇得連他的臉都不敢看。遭到獅子襲擊時，里樹才第一次從正面看到他的容顏。她本以為對方年紀比自己大得多，結果看起來只比她大不到五歲。她聽說那人是馬字一族的出身。

可能是因為狠狠毆打獅子的緣故，那人的手似乎受傷了，讓人家為他治療。原本是苓兒要為他治療，但馬字一族的青年回絕了。結果藥鋪姑娘發現，硬是替他做了包紮。

那姑娘是個灑脫不羈的女子，青年雖然滿口怨言，但還是老老實實地讓她治療傷處。一想到兩人也許感情很融洽，就讓里樹感到莫名地落寞。

逗留於當地時，里樹猶豫了好幾次想去道謝。但一想到當時哭哭啼啼的呆相被人家瞧見了，就羞恥地打消了念頭。雖說對方是位隨從，畢竟還是有家世的人。他也許把里樹當成了不懂禮數的粗鄙姑娘。

至少若是能捎封信也好，但里樹的立場不允許。不過就算她可以，她恐怕還是不敢。里樹天性就是如此。

心情頓時變得沉重不堪。

里樹看著刺在掌心的木片，決定回船艙去。

「那麼暫時要道別了。」

阿多語氣輕鬆地如此說完，就上了馬車。本來在渡口下船時就該道別了，是里樹任性要求，兩人才乘同一輛馬車回到了京城。

其實里樹很希望能跟阿多一起進入宮廷，但放棄了。阿多或許會答應，但她看出隨身侍從都顯得面有難色。她不能再給阿多添更多麻煩。

里樹從馬車車窗目送阿多離去，然後回到後宮。這一個半月來，不習慣的旅程把她累壞了。每天在馬車或船上搖晃，毒辣的陽光也曬傷了她的肌膚。蚊蟲又多，還被山賊以及獅子襲擊，可說禍不單行。

可是，里樹樂在其中卻也是事實。

回到後宮之後儘管生活無虞，卻得過著不自由的日子。她很高興能見到許久不見的侍女長，同時也得與討厭自己的侍女們相處。可是沒有她們在，里樹身為嬪妃的面子就保不住。

里樹看看身邊的侍女。自從獅子大鬧宴會以來，這名侍女服侍里樹時總是顯得戰戰兢兢。她之前蔑視里樹，不知是聽從異母姊姊的命令，還是相信里樹的私生子謠言，抑或兩者皆是也說不定。這名侍女是里樹的父親派給她的，不用回到後宮，現在心裡一定鬆了口氣。

馬車穿過宮門，車夫出示出入宮門所需的符節。

里樹本以為會就這樣前往後宮。

「怎麼了？」

馬車停下了。離後宮宮門還很遠，里樹向身旁的侍女問道。

侍女神情詫異地探頭看看馭座，然後表情尷尬地對里樹說了：

「似乎會有人來向娘娘解釋。」

繼而，幾名中年女子進到馬車裡來。里樹在後宮沒見過這些人，從穿著來看可能是侍奉宮廷的女官。

「里樹娘娘。」

站中間的女官在里樹面前跪下了。

「請娘娘見諒，接下來的一個月，必須請娘娘在後宮外度日。」

年長女官如此說完後，慢慢抬起了臉來。

九話　返家

馬兒嘶了兩聲，馬車在綠青館門前停下了。

（真是漫長的旅途啊。）

貓貓下了馬車後，對車夫低頭致謝。車夫把馬車上的行李一件件搬了下來。人家為她準備的旅途所需衣物都直接送給她了，另外還有西都的名產以及珍稀藥品，再來就是一大堆的甘藷。

「……貓貓啊，妳是想開始做新買賣嗎？」

老鴇枯枝般的手裡拿著菸斗，走了過來。

「我是很高興妳送米過來，但好歹也斟酌一下數量吧。倉廩都裝不下啦。」

說著，老鴇抓起裝在籃子裡的大量甘藷乾。另外還有生甘藷，但因為發了芽所以只能當種薯。

在庸醫村子因禍得福，貓貓得到了多到能賣的米，沒想到第一批這麼快就送來了。這事她早先已經捎信通知過老鴇。

「這是啥玩意兒？」

老鴇看著灑上白色粉末的甘藷問道。

貓貓拿起老鴇手中的甘藷，捏一塊放進嘴裡。明明是薯類卻甜蜜可口，甜度可比柿餅。

老鴇也學著吃一口，然後瞇起了眼睛。

「這可能要烤一下比較好，不然對我來說太硬了。」

說著，老鴇把男僕叫來，讓他整籃提去了。

「我什麼時候說過要全部給妳了？」

「什麼給不給的，光是妳跟趙迂兩個人又吃不完。我這是在幫妳，妳還得感謝我咧。」

不愧是一毛不拔的老鴇。不過，貓貓也不甘願吃悶虧。

「就算扣掉藥舖的一年房錢，上次給妳那些米也夠便宜妳了吧？」

說穿了就是兩者的差額。貓貓在信上清楚寫到以米錢代替房錢。老鴇對這點沒多說什麼，因此貓貓就認定她是答應了。

「這跟那是兩回事。這是人家送妳的不是？就當作跟鄰居分享。喂──貓貓回來啦！還帶了土產，大家都過來。」

真是個牙尖嘴利的老太婆。聽到老太婆這麼說，娼妓們紛紛群聚過來。明明接客完了正在小睡片刻，還真是貪嘴。

「麻子臉！」
趙迂活蹦亂跳地衝了出來，背後還有梓琳跟著大哥一起過來。豈止如此，後面還有——
「喂，怎麼這麼久才回來啊！先是二話不說就走人，然後又將近兩個月不回來，怎麼都不跟我說一聲啊！」
貓貓也不知道會這麼久。不對，現在更讓她在意的，是趙迂背後的那隻畜生。
「喂，你背後那是什麼？」
「妳忘了啊？這樣對梓琳很沒禮貌耶。」
「不，不是。我是說更後面。」
貓貓手指的前方，有隻鬍鬚一抖一抖的三花貓乖乖地坐著。
「妳連毛毛都忘啦？真是無情。」
「不，我沒忘。」
問題在於這團毛球應該已經留在庸醫的故鄉了，怎麼會在煙花巷？
「牠怎麼會在這兒？」
老鴇回答了這個問題。
「牠躲在米裡頭一起來的。只把貓還回去總覺得不好意思。」
「再說……」她補充說道。

「反正倉廩裡正好出現老鼠，就讓牠待一陣子也不會怎樣吧。而且牠很會撒嬌，客人都喜歡得很呢。只是得改改牠偷吃菜的毛病才行。」

老鴇事事講求合理，不會養寵物。但如果是益獸就行。

貓貓惱怒地看著毛毛。毛毛瞇起眼睛，「喵～」打呵欠似的叫了一聲。

這時，一個步履蹣跚的男子身影映入了視野邊緣。

「……妳、妳回來啦？」

從藥舖走出來的男子，原來是左膳。貓貓在自己外出的期間，將藥舖託給他看管。男子原本就一副窮酸相，如今不知怎地更是憔悴，又是一臉的鬍碴。他走到貓貓身旁，然後噗的一下倒到地上。

「店就……拜託妳了。」

左膳就這樣昏死過去，趙迂不知從哪裡撿了根棍子來戳他。「別這樣。」老鴇規勸趙迂，吩咐男僕把左膳抬走。

「麻子臉不在的這段日子啊，好多人得風寒呢。妳做的藥也全都給完了，可是大家都來抓藥，擠得店門前水洩不通呢。」

貓貓恍然大悟，點點頭。季節交替之際總有很多人生病，所以她多做了一點藥，結果看來還是不夠。在煙花巷很少有人請得起醫師，頂多只能服藥。甚至有很多人連藥都吃不起。

「還有的人實在過分，說什麼去年不用錢，就把藥偷走咧。」

那是阿爹的壞毛病，一定是對一些無處追討藥錢、沒資格稱為客人的傢伙免費贈藥。只要開了一個先例，之後就得對所有人比照辦理。可以想見在老鴇發現之前，他一定是大方地開倉賑濟了。

貓貓走進藥鋪，店裡搗藥棒、藥研、做到一半的藥還有醫書掉了滿地。貓貓拿起書本翻翻。左膳可能是用髒手摸過，有些地方都發黑了。換作平素的話貓貓會罵他沒有好好珍惜書籍，但看到左膳累得不成人形的模樣就不好說什麼。

（看來是撿到寶了。）

雖然不算靈巧，但不會半途而廢。這點最重要。

貓貓打開藥櫃數數有哪些藥不夠，然後開始收拾滿地的東西。

房間裡溼氣很重。貓貓收拾著離家期間弄亂的東西，不知不覺間日子就過去了，時節已是初夏。外頭雨下個不停，沒有要停的樣子。大店鋪的少爺與熟識的娼女撐著傘走在雨中，好像在說這也是一種風情。娼女想必不會喜歡弄溼衣裳，但也不會錯過難得的外出機會。娼妓們的行動範圍很狹小，青樓是鳥籠，娼妓就是鳥兒。

「門可羅雀呢。」

梅梅豔羨地望著外頭走動的娼妓，形狀優美的嘴唇正在吃甘藷乾。把甘藷乾用火稍微烤軟後更美味，比起放了砂糖或蜂蜜的點心別有一種香甜。

「真是苦了左膳了。」

雖然時疫是說不準的，但若是貓貓的旅途能再晚一點啟程，他也不至於累倒了。左膳這人有些時候莫名其妙地負責任，聽說他忙著煎藥，忙到連睡覺的空閒都沒有。

「小姐，妳不用睡一下嗎？」

梅梅昨晚應該有接客才是。她幹完活後洗過了澡，頭髮還是溼的。能睡時就得睡，這也是娼妓的職務之一。身為高級娼妓的梅梅也是，上午就得練習才藝以增進本領。

梅梅慵懶地啃著甘藷，半睜眼睛盯著貓貓瞧。

「我跟妳說，昨日啊，老爺他跟我說啊……」

「老爺跟妳說什麼？」

梅梅的客人當中，應該有三人可稱為老爺，每一位都喜愛下棋。記得其中一人是官吏，另外二人是商賈。

「他要我做他家人呢。」

做恩客的家人，意思就是想帶她回家。既然是特地這麼說，可見不會是邀她一同出遊。

「贖身？」

「……是了。」

對娼妓而言贖身就等於成婚，是離開青樓此一鳥籠的機會。

然而，梅梅的神情鬱鬱寡歡。貓貓不是不能體會她的心情。貓貓知道她對男人的喜好奇差無比。

「那客人很糟糕嗎？」

「還好。」

「老鴇反對嗎？」

「贊成得很呢。」

那應該沒有問題才是，但這畢竟是終身大事，梅梅想必也不願草率決定。一旦決定，就很難再反悔。

她雖然仍是眾人追捧的娼妓，但正所謂花無百日紅。年齡對娼妓而言是擺脫不掉的問題，梅梅這年紀其實早該退隱了。

「那位老爺雖然已經死了夫人，但是有孩子。」

「是喔。」

貓貓一時不慎，回話回得意興闌珊。她並沒有那個意思，但一不小心就想起了怪人軍師那張臉。後來不等喝了加酒精茶水而睡死的軍師醒來，貓貓就早早走人了。羅半也急著回京城處理甘藷，所以等於是丟下陸孫一個人當替死鬼。怪人軍師那時夢裡胡亂說著「我要編書」，現在搞不好正為了編寫書籍而放著公務不做。

梅梅是否心裡還想著那種男人？那個男人的府邸裡，買下的娼妓已經不在了。不知道梅梅是否知曉此事？貓貓有想過是否該告訴她，但亂管閒事說不定反而會讓梅梅心煩意亂，所以她保持沉默。

「人家的孩子也許不會樂意。」

「應該沒人會在意這種事吧？」

「是嗎？」

不知怎地，梅梅的眼神像在徵詢貓貓的意見。她似乎吃夠了甘藷乾，正在用手巾把黏黏的手指擦乾淨。

「對了，那個調皮小子去哪了？」

梅梅換了個話題。

「妳問趙迂的話我不知道。大概讓右叫或左膳看著吧。」

「那可惜了，我本來有東西想叫他畫的。」

「春宮圖嗎？」

梅梅面帶笑容伸手掐貓貓的臉頰肉。貓貓大感後悔，這種玩笑只適合對白鈴小姐說。

「我還以為大家差不多該膩了，沒想到能維持這麼久。」

貓貓摸摸發紅的臉頰。她以為趙迂能給娼妓或男僕畫肖像畫賺錢，是因為大家覺得很稀奇。

「……哎呀，那孩子可是很會畫的喲。妳看。」

梅梅走出藥舖，到掌櫃櫃臺那邊去拿了扇子過來。扇骨是竹子做的，糊著上好的紙，紙面畫著玩球的貓。

可能是照著毛毛畫的，三花貓玩耍的模樣線條雖少，卻莫名地栩栩如生。

不曉得是知道還是不知道，毛毛正好經過，豎起尾巴「喵嗚」地叫了一聲。

「才剛覺得肖像畫的客人減少了，接著就推出了這種圖畫。畢竟有很多娼妓都喜歡貓嘛。難怪看他一整天跟著毛毛跑，原來是在畫這種畫。」

「……」

真是個精明的小子。而且這把扇子扇骨雖舊，紙卻是新的，似乎是拿庸醫故鄉寄來的紙重新糊上的。看來是利用人家送的紙把舊扇子翻新，也就是說幾乎等於無本生意。

雖然都說小孩子成長得快，但從這扇子上的畫看來，趙迂的畫技真是一日千里。之前的畫風比這直白多了。

「對了，那孩子好像正在跟畫家學丹青喲。」

「……這我還是初次耳聞。」

貓貓蹙起眉頭。

「是妳去西方長期旅行之後學的。那畫家是一位大店鋪的客人帶來的，說是這人將來前途無量。」

「喔。」

這是常有的事，富商大賈購買繪畫或瓷器作為愛好並不稀奇。而有些人這樣還不滿足，會因為欣賞作品而供養藝術家。只有富貴有餘的人才能享受這種高尚的喜好。

「但誰不好選，偏偏是介紹給女華。」

「天啊……」

女華是綠青館三姬之一，雖是娼妓卻恨透了男人。而且若是官吏或書生，還能在詩歌或科舉上找話題，但繪畫就引不太起女華的興致了。

「不只如此，還說那個畫家很擅長畫美人圖喔。」

梅梅一掃方才那種憂鬱的表情，揮動著手掌笑得開懷。

「女華姊想必氣死了吧。」

「是呀，她可是氣壞了。她氣得要命，於是就隨手寫了一堆詩詞。有個新來的笨娼妓，抄了她的詩捎信給恩客，結果可慘了。」
女華擅長作詩填詞，但是在她寫詩出氣時就得留心了。這時候寫的詩乍看之下詞藻華麗，其實藏滿劇毒。在女華心情惡劣時，不可讓她寫信催促恩客上門。如果要寫，老鴇會介入檢查過再寄出。
貪戀男色而難以管束的白鈴是一種問題，但恰恰相反的女華也是另一種問題。
毛毛湊到梅梅的腳邊，喵喵叫著討點心吃。梅梅把牠抱起來放在腿上，摸摸牠的下巴。
「所以，趙迂就跟那個畫家學起畫來了？」
「是呀。那時女華好像無論如何都想寄一封酸言酸語的信過去，就讓趙迂跑腿了。」
大店鋪老板似乎無論如何都想讓畫家給女華畫畫。本來是想當場簡單起個草，之後再讓畫家仔細謄畫，但女華可沒好心到會讓初來的客人盯著她的臉瞧。她在自己與客人之間不給面子地擺了個屏風。
聽說大店鋪老板與畫家不肯死心，還寫下了住址要女華聯繫他們。
平素的書信都是由小丫頭帶在身上，讓男僕跟著去送給客人。當然他們不會願意捎一封酸溜溜的書信，於是就輪到趙迂上場了。他避開老鴇的檢閱，把信捎給了畫家。
然而信送到了是很好，但據說趙迂就這麼喜歡上畫家的畫，常常到他家逗留。
「說不定今天也是去了那兒呢。」

「明明跟他說不要往外跑了。」

貓貓實在很想叫趙迂體會一下她負責監視的心情。趙迂並非完全屬於自由之身，一旦發生事故將會難以應對。

而且俗話說得好，好的不靈壞的靈。

「喂——貓貓。」

她聽見了右叫的呼喚聲。

貓貓站起來，跨過露出肚子討食物的毛毛，往聲音傳來的方向看去。

「怎麼了？」

右叫顯得有些慌張。

「沒有，是趙迂他……」

「他又幹了什麼好事嗎？」

貓貓皺起眉頭，心想「我就說嘛」。

「說不清楚，總之妳來一趟好嗎？」

右叫拉著貓貓的手。

「那小子認識的一個人，好像就快死了。」

他說。

十話　腐壞的餡餅

貓貓被帶到位於京城中央的住宅區。京城基本上越往北走治安就越好，這附近林立的都是中流階級的宅子。

在這當中，有一棟舊房子。房子看起來原本應該還算氣派，但屋頂缺角且顏色暗沉，土牆有多處碎裂露出竹子骨架。與其說是正常老化，感覺比較像是屋主沒好好修護。

「就是這兒了，這兒。」

右叫敲敲破房子的門。

「抱歉，我只能跟到這兒了。再不快點回去會被老鴇罵。」

「好，知道了。」

貓貓微微偏頭，走進荒廢的房子。這男的還真是忙碌。

「……這是啥啊？」

她不禁叫出聲來。

屋子外頭荒廢得破爛不堪，裡頭卻整理得意外乾淨。不過，讓貓貓驚訝的不是這點。

牆壁塗成了一面白。以灰泥塗布的牆上畫了壁畫，整個牆面是一片桃園。啃桃子的不是三名武將，而是位美麗的姑娘。姑娘有著蜜桃般的輪廓與射干種子似的黑髮，貝齒微露的紅唇如櫻桃般水嫩。

桃源鄉的仙女就畫在那牆上。

（難怪會有人供養。）

只聽說此人擅長美人畫，但沒想到能畫出這麼好的作品。

貓貓定睛觀察牆壁。塗上顏料的牆面帶有獨特光澤，與貓貓所知的繪畫種類有些差異。

就在她想用指尖摸摸看是用什麼繪成時，只聽見一陣啪噠啪噠的腳步聲。

「喂，麻子臉！妳在幹麼啊！快來幫他看病吧。」

趙迂臉色鐵青地趕來了。

（不行不行。）

貓貓有個壞習慣，一產生好奇心時注意力就會被轉移。貓貓讓趙迂拉著趕往屋子深處。

那裡似乎是間起居室，但滿地都是看似顏料的彩色粉末、不知用來做什麼的蛋殼、像是灰泥原料的白粉與攪拌用的灰匙。

房間中央擺了張羅漢床，床上躺著一名男子。在他身邊還有另一名男子，憂心忡忡地看著他。躺著的男子是個滿臉鬍碴的瘦子，臉色已經由青轉白，只有指尖被染料弄髒。站在他身旁的男子雖然穿著整潔，但手跟躺著的男子一樣色澤暗沉而帶著髒汙。

「拜託妳幫老師看看。」

既然說是老師，那麼此人應該就是那個新銳畫家了。羅漢床旁有個桶子，裡頭盛了嘔出的穢物。

貓貓為男子診治。男子手腳痙攣，貓貓撐開他的眼皮看看瞳孔，把過脈。診斷起來，應該是食物中毒一類。

「他有哪些症狀？」

「不知怎地一直吐，還有腹瀉。」

「還有他一直顯得很難受，又畏寒，所以我們讓他躺著。」

趙迂說完，站著的男子補充說道。

「這位是？」

「老師的作畫夥伴啦！別管這些了，快點快點！」

再催也沒用，貓貓能做的事有限。不知道中的是什麼毒，就無從開藥。

只是如果男子一再腹瀉與嘔吐的話，身體必定會缺乏幾種養分。

「趙迂，去拿鹽巴跟砂糖過來。他家如果沒有，就去跟別人家要。」

貓貓從懷裡掏出錢袋扔給趙迂。趙迂說：「知道了。」就跑出了家門。雖然半身麻痺讓他跑不太動，但這點小事還辦得成。
「廚房借我用一下。」
得到作畫夥伴的許可，貓貓往更裡頭走。
她探頭看看水缸，檢查水有沒有腐壞。如果能煮沸更好，只是恐怕沒那閒工夫。
「這是生水嗎？」
「是昨日跟賣水人買的，應該沒問題。」
既然是買來的水就不用擔心了。若是庶民居住的街坊還另當別論，這附近沒有什麼販子會來叫賣可疑的貨色，貓貓認為不太可能因為喝了生水而腹瀉。她掬起水舔了一口，聞起來或喝起來都沒有怪味。
儘管屋子外觀破爛不堪，看來生活倒還富裕到可以買水喝。
「能請你說說他怎麼會病成這樣嗎？」
「好。」
男子雖顯得驚慌失措，仍給貓貓搬了張椅子，還挺體貼的。男子自己則拿木桶代替椅子坐下。
然後，他開始娓娓道來。
「這傢伙有個壞毛病，東西壞了還是照吃。我想大概是這個原因。」

果然不出貓貓所料，似乎是食物中毒。

「他在家裡找到餡餅，所以大家都吃了。餡餅好像餿了，我們立刻就吐了出來，但這傢伙卻說烤過就能吃，照樣吃了。」

「我們？」

「是啊，小弟弟也在。」

他似乎叫趙迂為「小弟弟」。

擺久了的食物並不是烤過就會變新鮮，有些食物腐壞形成的毒素還是會殘留下來。像是糍粑長的青黴，即使刮掉還是會留下毒素。只是沒多少人會去在意這種芝麻小事，比起一點毒素，能不能填飽肚子比較要緊。

「真是，這下該怎麼辦啊。現在開始作畫也來不及了。」

男子摸了摸靠在牆邊的大板子。

板子塗成了白色，上面繪有模糊的女子畫像，想必是接下來才要一層層地塗上顏色。隨著色彩變得鮮明，女子的畫像必定像是躍然紙上。

「明明說好了十天後會畫成。」

（十天後？）

聽起來好像交貨日期已定。

「我回來了！」
趙迂回來了。
貓貓拿了趙迂帶回來的鹽與砂糖，加進準備好的水裡。攪勻之後，她從隨身物品中取出棉花，用這種水沾溼。
她用棉花沾溼男子嘴巴，讓他吸收水分。她又重複好幾次這種動作，幫男子補給水分。比較令人猶豫的是該讓身體保暖還是散熱。總之，穿著原本這身髒衣服會無法有效吸汗。貓貓弄來一件能吸汗的棉布衣，幫他換上。
讓病患躺在羅漢床上也不是很方便，於是貓貓整理好了床鋪，又調製了治腹痛的藥。這期間男子又嘔了兩次，但沒什麼東西能嘔，只有胃液的酸臭瀰漫整個房間。
可能是一面為他擦汗，一面又重複讓他補給水分生效了，男子到了晚上情況已經穩定下來，也不再痙攣了。
到了這時候，貓貓、趙迂與同行男子都已累得不成人形。這間屋子裡除了畫具之外什麼也沒有，連想鋪張像樣的床都得請鄰居幫忙。被褥不但被壓扁還發霉，真不知道這人都過著什麼樣的生活。
貓貓與趙迂累得癱在椅子上。屋主躺過的羅漢床現在空了出來，但老實說除非清洗乾淨，否則沒人會想坐。

「麻子臉，老師會好起來嗎？」

趙迂擔心地看向貓貓。

「大概會吧。」

貓貓不敢把話說滿。只要沒發生什麼異狀，應該會清醒過來。只是必須靜養一陣子，並且吃些好消化的食物。

家裡連點米都沒有，想煮個米湯都得去買米。而且也沒有像樣的鍋子。

「我回家拿米跟陶鍋過來。」

懂得察言觀色的男子離開了屋子。都這麼累了還得跑腿，真是辛苦。也許他跟這屋子的主人感情真的很好。

「這兒的屋主平常都吃些什麼啊。」

貓貓獨自嘟噥時，趙迂回答了：

「老師平時好像都是跟小販買了吃，或是跟鄰居要喔。今天的是餡餅。」

「結果搞成這樣是吧。」

貓貓此話一出，趙迂的神情整個扭曲了。

「怎麼了？」

「沒有，只是想起今天吃到的東西。我跟大叔還有老師一起吃了餡餅，只是太難吃了所以馬上吐了出來。可是，我從一開始就覺得奇怪了。」

他說奇怪的是，老師看到放在桌上的餡餅說：「我怎麼不記得家裡有餡餅？」的確光是這點就夠讓人不安了，但老師竟然還請來到家裡的那個男人與趙迂吃。

「我是很高興老師有什麼都會與我們分享，可是有很多東西都不太確定能不能吃呢。」

趙迂也一臉傻眼。聽說很多藝術家都是怪人，看來所言不假。

貓貓把手肘立在扶手上，托著腮幫子。

「真佩服你們敢吃。」

「是大叔說要吃的啊，而且看起來真的好好吃。」

大叔指的大概就是剛才那個同行男子吧。趙迂很貪吃，能吃的東西都會往嘴裡塞。真不敢相信原本竟然是大戶人家的小少爺。

「可是，內餡好像餿了，吃起來好苦。」

「……好苦？」

「嗯，難吃到讓我一陣噁心吐了出來。大叔也吐了。」

（內餡是苦的，但看起來很好吃？）

貓貓雙臂抱胸，偏頭思索。

「我問你，那餡真是苦的嗎？不是酸的？」

「是苦的，好像沒吃出酸味。」
「那麼，那個內餡聞起來有沒有什麼怪味？」
「如果有，我大概就不會吃了。」
趙迂脫了鞋子把腳晃來晃去。房間雖然開了窗戶換氣，但還是有點悶熱。由於外頭天色也變暗了，貓貓拎起掉在一旁的洋燈點上火。又是顏料又是洋燈，看來這個老師還挺愛好洋玩意的。在這附近地區很少用洋燈照明，不過燒的是魚油，散發出令人熟悉的氣味。最近毛毛常偷舔燈油，讓貓貓很是頭大。
「內餡有沒有牽絲？有沒有黏黏的？」
「黏黏的？經妳這麼一說……」
他似乎想到了什麼。
「好像有點滑滑的。因為苦得我立刻吐出來，所以不是很確定就是了。大叔說東西餿了，要我快點吐掉。後來我馬上去漱口，沒有吞下去。」
貓貓偏頭不解。
「可是我覺得那種東西就算烤過，應該還是很難吃啊。老師該不會是舌頭有毛病吧？」
趙迂一臉傻眼地看著那個什麼老師。
（舌頭有毛病是吧。）

好像就快掌握到頭緒了。

「那你吃剩的餡餅到哪去了？」

「扔掉啦。外頭有垃圾箱，我拿去那裡扔了。老師生氣地說我浪費食物，但倒還不至於去把垃圾撿回來。」

貓貓一聽，立刻拎著洋燈走出家門，然後找到了設置在屋外的木箱。發出難聞臭味的箱子裡還有廚餘，最上面有兩個缺了一塊的餡餅。幸好還沒被收餿水的拿去餵豬。

「嗚哇！妳在幹麼啊！髒死了！」

趙迂看著翻廚餘的貓貓說著。貓貓不理他，徒手拿起髒掉的餡餅掰開來。內餡以豬肉泥與數種蔬菜攪拌而成。於是貓貓又摳又挖，檢查裡面放了什麼。

「……麻子臉，妳別一邊翻廚餘一邊笑啊，有夠嚇人的。」

貓貓一回神才發現自己在笑。她笑就表示是那麼回事，她無法克制這種亢奮的心情。

「你那個老師，把這拿去烤過吃了？」

「嗯，老師絕對是味覺有問題啦。明明這麼苦，卻邊吃邊說好吃。」

換言之就是這麼回事了，貓貓做個確認。

「我問你，你說的大叔今天是來做什麼的？」

「……大概是來勸阻老師的吧。老師說眼下畫作一完成，就要立刻踏上旅程。」

趙迂顯得有些惋惜地低下頭去。

「旅程？」

「好像是說以前在西方學過畫，當時見過的一個美人讓老師無法忘懷，所以現在才會一個勁地畫女人。」

（西方？）

的確，又是洋燈又是顏料的，屋裡有很多異國情調的物品。

「大叔說幾十年前見到的人現在不可能還在，但老師說無論如何都想再見上一面。」

歲月不饒人，不管是何種美女都無法逃離衰老。好比落淚如珍珠的美女，最後成了枯樹般的吝嗇老太婆。假如有美女能夠不老，那不是仙女就是妖怪。

「你、你們在做什麼！」

說人人到，男子帶著米與鍋子回來了。他似乎是真的很慌張，跑過來時鍋子都掉了。

在黑暗中弄得一身廚餘的貓貓，除了詭異之外沒有別的詞能形容了，而且還露出令人毛骨悚然的邪笑。貓貓自己也覺得這樣很怪，但改不了。

貓貓兩手拿著廚餘，衝著男子笑。

然後，她看向趙迂。

「趙迂，你可以回去了。男僕應該就快來接你了。」

右叫對趙迂向來照顧有加，想也知道天色暗了之後一定會再來接他。假如右叫得當差的話，他會託別人過來。

「幹麼忽然趕人啊，我還不想走耶。」

「我看你已經累了吧。至少在人家來接你之前，你先睡一下。」

「……麻子臉妳才是，要洗手喔。」

沒回嘴可見是真的睏了。他邊打呵欠邊走進屋裡。

「妳在做什麼？」

男子與貓貓保持一定距離看著她。不，是看著她兩手拿著的廚餘。

「等我洗過手後，可以跟你談談嗎？」

貓貓放下廚餘，然後往水井走去。

貓貓與男子坐在廚房的椅子上。趙迂與老師在隔壁房間睡覺，兩人小聲交談以免吵醒他們。

「妳想跟我談什麼？」

男子問了。

「你對毒菇熟悉嗎？」

「……沒頭沒腦的怎麼問這個？」

男子將視線從貓貓身上移開。

貓貓早就覺得有些地方不對勁了。食物餿掉一般來說會聯想到的是酸掉。的確，或許也有一些食物腐壞時會有苦味，但會讓人一吃就知道是「餿了」嗎？

苦到讓人吐出來的東西，為什麼老師能照吃不誤？

然後最重要的是，餡餅是從哪裡來的？

「你知道嗎？有種蕈類生吃會覺得苦，卻能以加熱的方式去除苦味。而且此種蕈類有毒，在現在這季節經常引發食物中毒。」

此種蕈類經常被誤認為可食蕈類，表面有些黏滑。這與趙迂的證詞不謀而合，實際上被丟棄的餡餅裡，也的確包了疑似此種蕈類的餡。

假如是跟小販買的，現在早就引起騷動了。或許也能假設已經引起了騷動，但既然味道不好，想必沒人會把餡餅全部吃掉。

若是向鄰居要的，以這種情況來說，應該會傳出有人吃壞肚子病倒的消息。要是真有那種事，想必也會通知這戶人家才是。

她認為兩種情況的可能性都很低。

「是誰把這餡餅拿來的？」

貓貓看看畫在屋裡每面牆上的美女。每一個無不美若天仙，不知道都是以誰為描摹對象，每個美女各有不同風情。

眼下老師執筆的畫作即將交貨，並且表示一完成就要踏上西行之旅。而這名男子曾試著勸阻他。

雖然說是同行，但這名男子給人的感覺不太像是所謂的書畫大家。

「妳在說什麼？不就是食物中毒嗎？」

「是，正是食物中毒。原因是吃了毒菇。」

餡餅並沒有壞，只不過是從一開始就下了毒。

「你為何要給餡餅下毒？甚至還利用趙迂偽裝成意外。」

「妳、妳在說什麼？」

「我一點都看不出來你想要他的命。」

「……」

「反而應該是不想讓他死吧？」

貓貓望向老師，男子也跟著望向老師。

沉默半晌之後，男子閉上了眼睛，然後長嘆一口氣。

「……我沒想到毒性會這麼強。」

男子性情樸直，講這話等於是認了罪。

「把小弟牽扯進來是我失策了，但多虧於此才能讓那傢伙撿回一命，我很慶幸。」

貓貓原本還怕男子是會惱羞成怒的那種人，但男子顯得很平靜，語氣聽起來比較像是在為老師擔心。臉上除了安心，也浮現著後悔之色。

「看你這麼懊悔，那一開始又何必下什麼毒呢？」

「因為那傢伙要走了。那傢伙說要去西方，而我知道他根本不打算回來。」

「他打算遷居該地？」

「是啊，好像對那美女的眷戀又死灰復燃了。」

說著，男子從椅子上站起來，走向隔壁房間。他一邊珍愛地望著擺在那裡的一幅幅畫像，一邊往更裡頭的房間走。那房間也一樣，牆壁全為美人畫所填滿。

「這兒的畫像每一幅都很美呢。」

貓貓瞇眼看著壁畫。她毫不相關地想，假如某位麗人也在這行列當中，一定能極其自然地融入其中。那人現在想必已經回宮，忙於公務吧。

「都有商賈想供養他了，完成了委託的畫像後必定能拿到很多銀子吧。」

「若是沒完成，完成之前他哪裡都去不了。」

「他跟你說要去西方？」

「只說去四處遊歷。他對我都寧可撒謊了，可見有多想去。否則不會從半年前就開始為西行做準備吧。」

男子只想讓老師食物中毒，並因此延遲交貨期限。貓貓之前被半強迫地帶去西都，不過如果要去更遠的西方，必須辦理各種手續，像是越過國境的身分證明，或是尋找願意同行的商隊。一旦有延遲，一切就得從頭來過。

男子的目的，是讓西行之旅回到原點。

「唉，真是糟透了。還以為他真的要沒命了。」

男子抱頭說：「拜託你可別死啊。」看來是真的很擔心他。

「就沒有更溫和的毒藥了嗎？」

說毒藥溫和也有點奇怪，但貓貓是這麼想的。

「誰教那傢伙的肚子比鐵更堅固。」

好像是什麼東西烤過就能吃的想法，賦予了他鐵打般的胃。男子似乎是覺得毒性一定得夠強才行。

所以，為了偽裝成食物中毒，他還特地利用了趙迂。他讓第三者以為餡餅餿了，如果這時老師又吃壞肚子，別人一定會認為只是食物中毒。

十一話　翩舞水精

（真不知道我幹麼做這種事。）

貓貓一邊嘟著嘴，一邊準備布包。這是要用來裝收購的藥草。貓貓也不是所有藥草都是自己栽種或採摘。常言道「術業有專攻」，她有時也會仰賴專門的販子。貓貓看到左膳幹勁缺缺地在打掃綠青館玄關。貓貓回來後，左膳昏睡了幾天，但臉色才一恢復正常就被老鴇叫去使喚。貓貓會趁閒暇的時候讓他學做藥師的活兒。

「我傍晚之前就回來，你能幫我看店嗎？只是去一趟附近的村子。」

貓貓從窗戶探出身子，對左膳說了。左膳挑動了一下眉毛，然後把下巴擱在掃把柄上。

「真的嗎？那麼，真的只看店就行了嗎？」

左膳被貓貓訓練做事有一段時日了，因此這點貼心之舉似乎還做得出來。只是，他目前還是不喜歡貓貓長期離家。

「你看掛在天花板上晾的藥草哪些乾了，就拿下來磨成粉。保存方式就照平常那樣。」

「好啦。」

左膳把手裡的掃把放到牆邊，然後邋遢地把手塞進衣襟裡抓肚子的癢。貓貓半睜著眼瞪他。她看到那指甲縫裡滿是汙垢。

「別忘了洗手喔。」

「知道啦。」

「指甲縫也得洗！」

左膳學做事的速度頗快，只是在衛生方面最好再多注意點。有很多客人會拿這點找他們碴。

這方面得好好講他一頓才行。

（現在去或許還來得及共乘。）

一個人單獨乘馬車很貴。如果是去附近村子，馬車每日會多次行經京城運來米糧，回程時車上沒載貨，就發揮了公共馬車的功效。雖然坐起來極端不舒服又費時，但便宜是無可取代的好處。

「麻子臉，妳要出去嗎？」

趙迂露出長到一半的門牙說了。身旁有梓琳像個小妹跟著他。

貓貓明顯擺出一張臭臉。她推開緊跟不放的兩個小鬼頭走出藥鋪。

「欸，妳要出去對吧？上市集嗎？要買東西的話帶我一起去嘛——」

趙迂抱起躺在玄關的毛毛，用毛毛的前腳戳著貓貓說：「帶我去嘛，帶我去嘛。」毛毛只是不耐煩地「喵嗚～」叫了一聲。

「我是要進森林。鄉下地方，沒什麼好玩的。」

「森林！我想進森林！我想去、我想去、我想去！」

趙迂進一步用毛毛的前腳直往貓貓身上拍。毛毛似乎也忍無可忍了，後腳用力掙扎了幾下，逃出了趙迂的手掌心。

趙迂倒在地板上耍賴皮。貓貓是覺得十歲大的孩子不會這樣無理取鬧，也許他是自小被寵壞了。明明其他地方莫名地人小鬼大，這種時候卻讓貓貓頭痛。

看到梓琳也想學大哥趙迂耍賴皮，貓貓拎著她的衣襟讓她站起來。

「小心我跟老鴇告狀。」

貓貓一出言威脅，梓琳馬上立正站好，只彎曲脖子僵硬地直點頭。她只是愛模仿趙迂，並不是真的想跟。

「這是在鬧什麼？」

老鴇表情慵懶地過來了。梓琳嚇得抖了一下。

「我要去拿藥草啦。帶著這傢伙只會礙事不是？」

貓貓指著倒在地板上的趙迂說了。

老鴇瞇起眼睛，看向趙迂。她無奈地嘆一口氣，然後對貓貓說了：

「妳就帶他去吧。」

「嗄啊？」

憑什麼我得這麼做？貓貓面露不滿的表情。老鴇是個徹頭徹尾講求合理的人，貓貓本以為她沒理由會叫自己帶著礙事的小鬼去採買。

「咦，不會吧！真的可以嗎，阿婆！」

趙迂歡天喜地的站起來，到處蹦蹦跳跳。

梓琳也學著蹦蹦跳跳，但被老鴇按住了腦袋瓜。

「妳不准去。」

這句話讓梓琳頓時垂頭喪氣。不同於趙迂說來說去總有特別待遇，梓琳是掃地丫頭，讓她跟貓貓他們一起外出，會變成其他丫頭的壞榜樣。當然她其實是跟著姊姊來的，但今後如果掙不到幾個錢，她就準備直接當娼妓了。面對沮喪的梓琳，趙迂輕拍了她的肩膀幾下。

「我會買東西回來給妳的。」

「錢誰出啊？」

貓貓立刻追問。

「妳想到外頭走動，就暫且先忍忍。總有一天我給妳贖身。」

「！」

真不曉得他從哪裡學來的這種話。順便一提，講這種話的客人大多不是什麼好東西。老鴇沒理會有說有笑的兩個小鬼，戳了戳貓貓。

「我幹麼得帶他去啊？」

貓貓懷著反感說了。

老鴇把手塞進衣裳的領口裡，在鎖骨上抓癢。

「妳前陣子不是出遠門嗎？妳知道當時趙迂是什麼樣子嗎？」

貓貓哪裡知道？反正一定就跟平常一樣玩鬧。況且他那麼黏男僕領班右叫，即使貓貓不在應該也不會寂寞。

「別看他那樣，他整天無精打采的呢。說來說去畢竟是沒爹沒娘的待在這兒，少了妳一個也會讓他擔心受怕的。」

「實在不像是跟女衒殺價買小孩的鬼婆子會說的話呢。」

貓貓奚落地說著。聽說貓貓在得到養父羅門收養之前，不管如何啼哭都被獨自關在房間裡沒人理。據說還是個娃兒的貓貓明白到哭也沒用，後來就不哭了。或許也是因為如此，貓貓才會變得缺乏表情。

貓貓無意為此怨恨她們，更何況她根本不記得了。生下貓貓的女子必須接客，給她餵奶的白鈴也有活兒要幹。當時綠青館搖搖欲墜，她們大可以把貓貓視為嫉恨的對象。她認為沒被勒死已經算是很幸福了。

老鴇把雙手揣進衣袖裡。

「被賣給女衒是沒辦法的，那是爹娘造孽，與我無關。可是，如果養成了個不會做事又慢手慢腳的懶鬼，那連這兒都待不下去。我是在教育那些姑娘不要變成那樣，妳不覺得我很好心嗎？」

「那趙迂呢？」

「那小子是妳得負責照顧的，我只負責看著他不讓他送命。收多久錢就養到多大。」

可想而知，真不知道這老太婆敲了人家多大竹槓。貓貓暗自咒罵。

「還有，馬車的話我另外給妳準備，應該比共乘快多了。妳可得感謝我啊。」

「妳出手可真大方呢。我可不會付車馬費喔。」

「就當成是甘藷乾的錢吧。」

老鴇如此說著，就往男僕待著的房間走去了。

貓貓偏偏頭，看著老鴇的背影。

（可我是真的不想帶他去啊。）

貓貓接下來要去的地方，是昨晚從男子口中聽來的。

後來，貓貓請男子將他對白髮姑娘所知的一切告訴她。

於是她問出趙迂的繪畫老師見到白髮紅眼美女的地方。雖然以前畫師在砂歐見過同類型美女的事也很令她在意，但目前就先擱一邊。

畫師說是在半年多以前去那村子求購染料時見到那姑娘的。據說那姑娘的身姿恰如天上仙女。

「他說那姑娘在水面上跳舞呢。」

畫師看到那般神祕景象，似乎以為自己在作夢。這是因為當時他喝醉了信步走到池畔。購得染料後天色已晚，於是畫師就在村子住了一晚。

後來當他回過神來時天已經亮了，畫師就睡在附近的小屋裡。

據說畫師不認為這只是普通的夢，並且想起了過去看到的美女。他認為這是天意，硬是說要遷居至西方。

畫師經常前去採購染料的村子，貓貓也去買過幾次藥。她之所以用採購為由前去那村子，就是為了這個理由。

貓貓一邊陰沉沉地看著開開心心的趙迂，一邊嘆了口氣。

馬車砰砰咚咚地搖晃了半個時辰，貓貓來到了森林附近的一個村子。村子位於河邊，氣氛與庸醫的故鄉很像。此處種植水稻與蔬菜，插秧剛結束的水田映照出天空，看起來像面大鏡子。

「嘩啊～」

趙迂從馬車探出身子往外眺望。這不是貴人搭乘的那種氣派馬車，連車篷都沒有，只放著用來遮雨的簑衣。

「喂——趙迂，身體不要太往外探喔——摔下去我可不管。」

坐在馭座上的右叫說道。老鴇只說會安排馬車，沒想到還讓右叫當車夫。

（她到底是怎麼啦？）

貓貓滿腹疑雲地看著右叫。當然，她對這個體貼的男僕領班沒有任何不滿。貓貓雖然感覺哪裡怪怪的，但姑且先看看風景。

的確，這時節的水田景致非常壯觀。目前看來似乎不會下雨，天空也一片蔚藍。天上天下盡受藍色圍繞的世界，令她感到相當不可思議。

「欸，麻子臉，那是什麼啊？」

趙迂扯扯貓貓的衣袖說了。貓貓看看他說的是什麼，只見不知怎地有兩堆砂土上插著棍子，之間垂掛著旋扭的草繩，連接起兩根棍子。這玩意兒就悄悄設置在水田旁的河川裡。

「那個應該是注連繩吧？」

貓貓也不是很清楚，只記得應該是一種咒術，好像是用來劃分界線，阻擋邪靈的東西。繩索的形狀之所以有些特殊，她認為應該是混合了此地的民間信仰。

（奇怪？）

貓貓探出了身子。總覺得那草繩與之前看過的注連繩在形狀上有很大不同。往年用的應該是更樸素的繩索，今年卻有點扭曲，而且纏捲著白色紙片。雖然形狀比往年更精緻，可是那種咒具可以隨意改造外形嗎？

「就快到了。」

右叫說道。

貓貓下了馬車，看看林子。

「我在村子裡隨便走走。趙迂你呢？」

右叫指著村子裡唯一一家飯館說著。到那兒至少能喝點土酒。

「嗯——」

趙迂瞄了幾眼貓貓與右叫做比較，然後湊到了貓貓身邊。右叫輕聲笑了一下。

「那麼，我去喝點小酒了。」

說完，右叫就舉步往店家走去。

趙迂不知怎地抓著貓貓的衣襬不放。衣帶都快被他抓鬆了，於是貓貓拉著趙迂原本抓著

「痲子臉！用這錢給我買糖吧！買糖！」

「你自己不是有在掙錢嗎？」

貓貓把錢仔細收進懷裡，往森林走去。

「這時節會有蛇出沒，要小心啊。」

「這我知道，因為蛇是很好的藥材。」

「不，我不是這個意思。」

村長出言否定後，拈起掛在屋簷下的注連給她看。

仔細一瞧，繩子兩端形狀不同。相較於一端越來越細，另一端則是越來越粗，前端裂開，形狀簡直像條蛇。

貓貓總覺得好像看過這個形狀。

「在這裡殺蛇，可能會被村人攻擊喔。」

「……什麼意思啊？」

這豈不是與貓貓「見蛇即蒲燒」的思想完全相衝了嗎？

以前她無論捉住幾條蛇，人家都還會慰勞她說「驅蛇辛苦了」呢。

新村長也面露苦笑。

「這是阿爹的遺言。阿爹死之前心情頹喪，把咒術師叫來了家裡。」

（幹麼不叫大夫啊。）

村長說咒術師開了能減緩痛苦的香，但相對地要求他們在村子裡推廣教義。

難怪會盛行這種奇怪的注連了，貓貓恍然大悟。

「畢竟這附近地方原本就有在祭祀蛇神嘛。總之就是這樣了。」

村長臉上浮現了苦笑。雖然他一副「這是原有的信仰所以沒辦法」的表情，但貓貓總覺得有些不尋常。

「可是，那毒蛇怎麼辦呢？」

蝮蛇等毒蛇是莊稼活的大敵。要是被毒蛇咬到，還遑論什麼信仰。

村長一邊面露苦笑，一邊小聲說：

「我們會偷偷殺毒蛇。雖然也有些人信仰虔誠，但這也是無可奈何的。」

村長大概也有他的各種原則吧。年輕女子很可能是村長的妻子，她惡狠狠地瞪著村長。

也許是不高興看到自己的丈夫跟別人說悄悄話吧。

既然已經獲得許可，久留無用。早早走人才是上策。

「好啦，我們走吧。」

「好。」

「啊！還有一件事得告訴妳。」

村長叫住了貓貓他們。

「聽說不只是蛇，鳥也不行。不過不用弓箭大概也捉不到就是了。」

「那咒術師還真是囉嗦呢。這樣豈不是連雞都不能殺？」

「說是只限飛鳥啦。」

莫名其妙。貓貓雙手一攤聳聳肩。

貓貓決定帶著趙迂早早進林子裡去。

「麻子臉，還沒好嗎？」

趙迂坐在樹墩上，擺動著雙腳說了。

（所以才不想帶你來啊。）

小鬼對事情總是很快就膩了。帶他來是無所謂，但是想也知道會礙事。老太婆之所以叫她把趙迂帶來，一定是想打發掉會妨礙男僕做事的壞小鬼。還說什麼他會寂寞咧。

貓貓把趙迂的碎嘴當耳邊風，割下長在樹根旁的草。她只需要嫩芽的部位，不過晚點再慢慢挑選吧。正好看到長了少見的藥草，不採就太對不起自己了。

「哎喲——麻子臉——」

「吵死了，是你自己愛跟的。」

貓貓一邊把藥草塞進袋子裡一邊說了。

趙迂把雙手放在兩腿之間，不服氣地看著貓貓。

「可是我累了嘛。」

雖然沒走多少距離，但地上都是雜草或落葉不好走。貓貓明白身體有部分麻痺的趙迂走起來容易累，這恐怕是沒辦法的事。但貓貓也不會因此就寵他。現在寵他，總有一天會收到惡果。

「那你就在這兒等我，我還要往裡頭走。」

「什麼——」

趙迂張大嘴巴，一副對貓貓很有意見的表情。

「妳要丟下我喔！」

「你不是累了嗎？」

「右叫都會揹我耶。」

「抱歉，你太重我揹不動。我走了。」

貓貓三言兩語就把他丟下。

趙迂歪著臉龐呻吟了一陣之後，從樹墩上站了起來。的確如老太婆所說，他有怕寂寞的一面。在煙花巷時也是，他大多都跟男僕或小丫頭待在一塊。林子裡由於樹木繁密而昏暗不明，不時還會傳出啪沙一聲。另外還有咕咕叫聲，可能是鴿子。

「我要去！我要去，別丟下我啊！」

趙迂一邊雙腳打結，一邊跟在貓貓的後頭。貓貓視線冰冷地看著趙迂，一路走往森林深處。

森林裡長有種類繁多的樹木。大多是闊葉樹林，到了秋天想必會結實纍纍。如果有針葉樹林的話則適於作為木材，不過這個國家的針葉樹森林或林子好像大多集中於北部。

貓貓半路上一看到木莓就摘了往嘴裡送。趙迂也學著吃是無妨，卻把嘴巴弄得又紅又黏。貓貓覺得麻煩，但還是幫他擦擦，因為他如果用衣袖去擦，顏色會洗不掉。每次幫趙迂擦，他都會肉麻地笑起來。

「這個好酸喔。」

「因為才剛長出來。」

兩人雖這麼說，但還是吃個不停。

「麻子臉！這個蕈菇能吃嗎？」

趙迂看到枯木上長了小蕈菇，如此說了。

「這能吃嗎？」

「很遺憾，那個不好吃。而且也沒毒性。」

換言之就是引不起貓貓的興趣。趙迂遺憾地頹然垂肩。

兩人就像這樣有些悠哉地往前走，不過貓貓可沒忘記她的目的。

貓貓在半路上採到靈芝，開開心心地往前走了一會，就看到了沼澤。沼澤邊生長著香蒲，它的花粉稱作蒲黃，可用來止血或利尿。

沼澤中央有個小島。森林與沼澤的交界處圍著一圈圍牆般的注連，因為自古以來都說水池是通往異界的入口。或許同樣因為如此，湖中的小島上有座小祠堂。貓貓曾聽說湖沼之主就在那裡，是蟒蛇的化身。

而沼澤岸邊有間小屋，負責管理祠堂。

貓貓他們前往那間小屋。

小屋採用干欄式建築。據說每逢大雨，沼澤的水位會上漲到這間小屋底下，但又聽說近年來沼澤範圍不斷縮小。小屋的柱子上，留下了水位上升高度的痕跡。她曾聽說這間小屋建造的位置原本也是沼澤，因此腳下地面軟爛難行。地上鋪了踏腳石，貓貓他們在上頭跳著移動。

小屋隔壁還有間更小的小屋，從中可以聽見咕咕的鳥叫聲，想必是鴿子了。也許是養來吃的，但若是相信村長所言的話就吃不得，所以也可能是寵物。

趙迂興味盎然地觀察水位的痕跡。貓貓走上通往小屋的臺階，探頭往屋裡瞧。可能是注意到貓貓的視線了，屋子深處走出一個鬚髮茂密的老先生。貓貓到這裡跑過幾次腿，對方也記得她。

「這幾年沒見到妳，還以為妳嫁人了咧。」

「很遺憾，還早得很呢。」

「那怎麼有這麼大的孩子了？」

貓貓覺得這老先生還是一樣嘴巴不饒人。他跟養父羅門是舊識，以前似乎在京城當過醫師。醫術了得，但為人乖張孤僻，所以現在在這窮鄉僻壤過隱居生活。

聽說他現在採藥維生，節衣縮食地做祠堂的管理者，但說穿了也沒做什麼。沼澤沒一艘小舟，看來連祠堂都不用去。

「喏，要什麼就拿去吧。不過也就這些了。」

老先生把晾在牆上的藥草拿下來，擺在粗糙的長桌上。季節不對或是珍稀的藥草，跟這老先生買比較省事。其中也有蒲黃，放在用蒲葉編的草墊上。貓貓走進小屋，鑑定這些藥草的價錢。

老先生「嘿咻」一聲坐到椅子上，然後變得彎腰駝背。貓貓聽說過他年紀比羅門大了十歲以上。才三年不見，又老了許多。

不過，藥草都仔仔細細地曬得很乾，品質也不差。而且以一個老頭來說，採集的量還真不少。

「看你還沒老到動不了我就放心了，但真佩服你能採到這麼多藥。」

「嫁不出去的姑娘果然嘴巴不饒人呢。」

「彼此彼此。」

聽到人家這麼說貓貓，趙迂笑了。貓貓半睜眼睛瞪著趙迂，然後把需要的藥草放到布包上。

「沒什麼，是這裡最近來了個幫手。」

「幫手啊，是村子裡的小孩嗎？還真是懂事呢～」

貓貓故意看向趙迂。趙迂噘起嘴唇，就像在說「怎樣啦」。

「不是，是前陣子我在京城收留的小子，但這小子還挺能幹的，妳看，說人人到……」

老人如此說完後，貓貓就聽到有人拾級而上的聲響。

「老爺爺～我把你說的東西採來嘍～咦？有客人啊？」

這快樂無煩惱的聲調好像在哪兒聽過。

一個拿頭巾做眼罩的年輕男子甩動著大布袋現身了。

（難怪覺得耳熟。）

出現在那裡的，正是理應在京城謀職的克用——臉上留有痘疤痕跡的男子。

「哎呀～然後啊，人家就說我們不要你這種長相七分像鬼的醫師～」

名喚克用的男子，又用一種完全不讓人覺得可憐的聲調，訴說自身的不幸遭遇。

這個長舌男一認出貓貓，馬上聒噪地跟她說個不停。老先生問貓貓：「你們認識啊？」趙迂則是傻眼地說：「妳認識的奇怪小哥也太多了吧。」

簡單來說，克用在抵達京城後，似乎跑遍了各家醫館想當坐堂醫。然後每次都被問起戴眼罩的理由，就老實過頭地將疤痕露給人家看。沒知識的醫師都說：「別再來了，免得把病傳染給我們。」把他轟了出去。有知識的醫師雖知道這不會傳染，但醫師畢竟也是做客人生意的，沒理由輕易雇用一個戴眼罩的可疑男子。

他說在這當中，他遇見了這老先生拖著一把老骨頭送來醫館訂購的藥草。老先生正好撞見了他被醫館轟出來的場面。

老先生雖然孤僻，卻是個醫術了得的醫師。由於到這年紀已經難以四處走動，說是正好也想要個幫手。老先生試著考考他關於行醫的知識，沒想到意外地有點學問，於是就讓他住下了。若是如此偏僻的地方，戴眼罩的男子就不會像在京城那樣引人大驚小怪，而且老先生也跟村長解釋過。

「哈哈哈，真是世道險惡呢～總之能混口飯吃就不錯啦～」

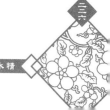

克用是這副德性，老先生又得到一個能跑腿的，總之雙方似乎都很滿意。

（早知道也許該讓他來藥舖的。）

貓貓覺得似乎錯失了一個機會，但覆水難收。況且就算帶回藥舖，恐怕只會跟養父羅門一樣被老鴇使喚來使喚去，所以或許這樣對克用來說比較好。而且左膳好不容易才建立起一點自信，若是害他又開始氣餒就傷腦筋了。

克用把新採來的藥草擺到桌上。

「剛採的很新鮮喔～」

趙迂由下往上窺探笑咪咪的青年。他對克用露出一副笨松鼠的傻臉，伸手過去。

「小哥，你這眼罩底下怎麼了？」

「啊，要看嗎？」

克用先聲明一句：「很噁心喔。」然後拿掉了眼罩。「嗚哇——」趙迂很沒禮貌地叫了一聲，然後輕拍幾下克用的肩膀。

「小哥也真是可惜了，原本長得這麼俊俏，這下不適合招呼客人了。」

「就是啊～我是覺得我還滿會陪笑臉的說～」

「若是原本的長相一定很受我家那些姑娘的歡迎，太可惜啦。」

（還你家的姑娘咧。）

貓貓無視於兩個無憂無慮的傢伙，開始為藥草估價。她看到一種沒見過的大葉片，瞇起眼睛。

「這是什麼？」

「是菸葉啦。」

克用一邊跟趙迂玩鬧一邊說了。

也就是菸草的葉子。老鴇還有妓女都很愛抽菸斗，但在庶民之間意外地不普及。之前貓貓有修過一根菸斗想物歸原主，正是因為她認為那東西很貴重。

菸斗燒的菸葉是高級享受，一毛不拔的老鴇之所以愛抽，是因為那會成癮。娼妓們若不是老鴇在抽，想必也碰不起。況且養父羅門說過，那個抽多了對身體不好。就貓貓所知，菸草用的常常是舶來品。她只看過曝乾磨碎的菸絲，所以沒認出來。

「菸草本身是不難栽種。」

老先生岔進來說。

「這樣啊。」

貓貓興味盎然地觀察葉子。她心想假如在園子裡栽培這個，也許能賣到不少錢。可是，老先生會這麼輕易就給她種子嗎？

恐怕頂多只會分她葉子，況且如果能夠便宜購得，讓娼妓們養成了菸癮也不太好。

總之她先提提看：

「這要賣多少錢？」

「這個不賣。」

老先生拿起菸葉，把幾片捆成一捆掛在屋簷下。

（給自己抽的？）

可是，這屋子裡沒有像是菸具的東西，她也沒看過老先生抽菸。

彷彿要為貓貓解惑似的，老先生拿起放在地板上的一個甕，擺到了長桌上。蓋子一打開，一股獨特的臭味撲鼻而來。

「老爺爺，這好臭喔！」

趙迂誇張地捏鼻，還邊捏邊往甕裡瞧。

「不會是喝的吧？」

裡頭盛了茶色的漿液。

「千萬別喝，會死人的。這是用菸葉泡的。」

「嗚噁噁，幹麼泡這種東西啊。」

趙迂坐到置於地板的木箱上說道。

「要用來驅蛇啊。」

貓貓捶了一下手心。

菸葉吃了會中毒，而貓貓知道這種毒對蟲子也有效，但還是第一次知道原來對蛇也管用。蟲子姑且不論，貓貓總是見蛇就捉，從沒想過要驅除牠們。

「都是因為村人胡說什麼不許殺蛇。我這可是為他們好，免得出了大事就來不及了。採收蔬菜時怕會被蛇咬，而且我這兒還養了鴿子呢。」

老先生憤憤地說著，克用笑咪咪地泡茶。看到他從櫥櫃裡拿出甜饅頭，趙迂的眼睛發亮了。

「真要說起來，他們明明幾十年都沒來關心過祠堂，如今跟我說什麼蛇神的使者現身了又怎樣？況且橋都壞了，現在想去小島也去不成了。」

「啊哈哈哈，咒術師最沒良心了～」

畢竟有過一段私怨，克用也語氣開朗地附和著說。

貓貓則是覺得有點不可思議。即使說是前任村長的遺言，但有些村人怎麼會排斥殺蛇到這種地步呢？是因為此地原本就有蛇神信仰嗎？

「那個咒術師，講話真那麼有說服力？」

貓貓隨口一問，老先生露出一副嗤之以鼻的神情。

「哈哈，這是因為啊，一些信心虔誠的傢伙似乎著了她的道了。」

「著了她的道？」

狐狸戲弄人倒還不稀奇，但蛇就沒聽說過了。

（我被狐狸戲弄已經吃虧吃夠了。）

貓貓正在偏頭不解時，克用打開了小屋的窗戶。可以看到沼澤與祠堂。

老先生往外看看後，摸摸他那把大鬍子。

「我是沒親眼看過，但聽人家說，那個咒術師……」

聽說她浮在沼澤水面上，一邊翩翩起舞一邊前往祠堂。

（那豈不是……）

「她自稱是沼澤主子的使者。」

老先生如此說道。

（太可疑了吧。）

雖然可疑，但如果所言屬實，那麼畫師宣稱看到的白色女子也就不是幻覺。

「那人是否是個白髮紅眼的姑娘？」

「……不是，雖是個年輕姑娘，但沒聽說是那麼引人注目的長相。」

趙迂兩眼閃閃發亮。

「好神奇喔，她是怎麼走在水面上的啊？」

「我告訴你，就是趁踩在水上的腳還沒下沉前把另一隻腳踩到水上，趁還沒下沉之前踩出下一步就行嘍。」

克用毫無惡意地騙他。

「太神奇了！」

貓貓輕敲一下趙迂的頭要他別上當，然後半睜著眼看向克用。還以為這人童叟無欺，想不到也有這樣的一面。

「你難道以為那種事真能辦得到？」

「我是很想說辦得到才怪……但是……」

老先生一邊撫摸大鬍子一邊看著外頭，表情顯得有些複雜。

「我年輕時，有見過那樣的場面。」

「見過人家走在水面上跳舞？」

貓貓偏著頭問道。趙迂學她的動作，不知怎地順便連克用也變成同一個姿勢。

「是啊，那時我還沒離開村子。村子裡原本是由巫女負責侍奉蛇神。」

據說老先生的家族，原本是村長的遠房親戚。巫女也是出自他們的血統。

然而老先生剛剛才說過，祠堂已經遭人棄置了幾十年之久。這是因為……

「因為後宮強徵宮女，讓年輕姑娘都離開了。」

貓貓只能恍然大悟地點頭。

於是，由於代代口耳相傳的儀式斷了，據說祠堂就這麼遭到棄置。而正好就在這個時期，村長也換成了前任村長。

聽說由於前任村長並不篤信神明，祠堂就這樣無人管理。橋梁也日漸腐蝕，最後塌落了。如今村人認為好歹該做個形式，於是就讓回村的老先生擔任管理人住進這間小屋。

「期滿退宮的前巫女沒有回來村子嗎？」

「哈哈，那樣一個標緻的好姑娘，有什麼必要特地回到這種荒村？」

（說得有理。）

貓貓想起在後宮結識的小蘭。小蘭是為了減輕家計負擔而被賣掉的。她也明白現實如此，知道那已經不是她的家，因此在退宮後靠一己之力謀得了差事。只要是有點聰明的姑娘，輕易就能過上比以前更好的生活。就這層意味而論，後宮也可說是眾女子一登龍門之地。

「前一個村長死之前，就曾喟嘆過此事。那麼愛抱怨，怎麼不去找個像樣的醫師？」

「哈哈哈，真好笑～就是有這種人呢～」

克用不知道在笑什麼，於是老先生戳了一下他的腦袋。

貓貓眺望屋外。

「連艘船都沒有，她們是怎麼過去的啊？總得看看祠堂的情形不是嗎？」

貓貓一問之下，老先生在長桌上畫個圈給她看。

「說是用船會觸怒蛇神，就連釣魚也有固定的位置。反正能捉的頂多就是泥鰍，與其說是釣魚毋寧說是放魚笱。所以祠堂就這樣被擱著了。妳想去就去吧，只是不許用船。」

「哪門子的猜謎啊。」

不用船是要如何前往小島？難道要她走在水面上過去？

「想不費吹灰之力就進入神聖之地，妳想得美咧。」

老先生真會胡說八道。

「喏，克用，你帶她去吧。到對岸去看小島比這兒看得清楚。順便去把田裡的雜草拔一拔再回來。」

「嗄～很累耶～」

克用嘴上這麼說，卻開始準備割草用的鐮刀。

「菸葉就種在那田裡。葉子不能給妳，但如果結種子了，妳可以採一些走，就當作是拔草錢。」

「……」

貓貓一邊瞪著精打細算的老先生，一邊拿起了割草鐮刀。

貓貓等人繞個一圈，來到沼澤的裡側。水面上零星浮著幾片類似荷葉的葉子。趙迂起先還會怕克用的痘疤痕跡，但別的不會就是適應能力特別強，如今已經黏著克用不放，不知不覺間還坐到了克用的肩膀上。克用不像男僕走得穩，有點搖搖晃晃地讓人不放心。也許是一隻眼睛失明，使得平衡感有點偏斜。

「看，就是那兒了。」

如同克用指出的，小島裡側確實架著一座橋。然而橋已經腐爛到幾乎沒地方可站。貓貓多疑地看看橋梁，發現連橋墩都爛了，就算拿木板放在上頭走似乎也有困難。

可能是跟貓貓想到了同一件事，克用不知從哪裡拿了塊木板來。

「嘿咻。」

他把木板架在腐爛的橋墩上。

「行不行啊？」

貓貓心有不安地看著克用。

「哈哈哈，沒事，沒那麼容易壞啦～」

克用站到板子上，跳了一下。然而……

「啊……」

伴隨著蠢笨的叫聲，克用掉進沼澤裡了。
「你在幹麼啊，小哥。」
趙迂伸手去拉落水的克用。然而，克用的身體不斷往沼澤下沉。所有人頓時一陣緊張。
「好……好像是無底沼澤喔？」
克用笑咪咪地偏頭說道。
「……」
一瞬間的沉默之後，所有人一齊慌了起來。然而越是慌張，克用的身體就越往下沉。直至泡到脖子高度時，貓貓才從林子裡找來一條堅韌的藤蔓，拉著克用讓他平安脫身。
「你差點沒把我嚇死耶，小哥。」
「哈哈哈，抱歉抱歉。」
克用舉起滿是泥巴的手用力抓頭，弄得原本沒弄髒的頭滿是泥巴。
貓貓盛來一桶儲存在田地旁邊的農業用水。她嫌麻煩，於是直接從他頭上澆下去，克用就像條狗似的左右甩動全身。
「對了，老先生說過，小孩子有時會在這沼澤附近神祕失蹤呢。」
「天啊。」
趙迂一副傻眼的表情。不曉得沼澤底下埋了多少人。

貓貓看看破爛不堪的橋梁。

「真的是擱著沒人管呢。」

「畢竟修橋也得花錢嘛。好像是因為泥巴成分的關係，腐爛速度比平常的水更快。」

即使不到無底沼澤那種地步，沼澤至少也比克用的身高深，每次都要換橋墩想必很費事。橋墩一路設置到離沼澤有點遠的位置，可能是沼澤的範圍以前有到那麼遠。

小島的祠堂周圍雜草叢生。可以看到繽紛的色彩，似乎是花，但從這裡看不清楚。只是，在附近地區看不到那種顏色的花。上空時常有鳥兒飛過，也許是鳥糞裡混入了花的種子。

「好啦好啦，那麼來割草吧。」

身上還帶著一些泥巴的克用鼓足了幹勁，頭上不知什麼時候戴了一頂草帽。田裡滿是雜草，貓貓很想抱怨，但趙迂比她先哀叫一聲並頹然垂肩，使得她無法再說什麼。

貓貓一邊尋找菸草種子，一邊拔草。然而，種子還沒長出來。

（那個老頭子……）

貓貓決定晚點一定要拿到種子再走人，用鼻子哼了一聲。

由於克用開始邊哼歌邊割草，貓貓不得已也來幫忙。趙迂似乎打從一開始就無意幫忙，撿了小石頭在地上畫畫。

兩人專注於除草，除了一段時間。

可能因為是沼地的關係，溼氣很重。爛糊糊的泥土感覺富含養分，但也可能引發根腐病。田裡的土可能是顧及這點，混入了乾爽的沙子。拜此所賜，這讓拔草變得容易。

「妳知道嗎？」

克用停止哼歌，自言自語似的跟貓貓說話。

「知道什麼？」

「就是這個村子以前那些巫女啊～」

貓貓自然不可能知道。她搖搖頭。

「這是老先生跟我說的～他說村子裡以前有負責鎮撫蟒蛇神的巫女。但巫女原本好像是奴隸的女兒喔。」

「……」

克用以只讓貓貓聽見的聲量繼續說道。趙迁沒聽見，繼續畫他的畫。

「這裡原先好像是個河川容易氾濫的地方。在水患得到治理之前，洪水好像每年都會把田地沖毀，淹沒民房呢。」

在那樣古老的時代，世人為了制服無法可想的自然災害會怎麼做？就是做些毫無助益的行為。

「也就是說他們購買奴隸，拿活人來獻祭。當然，那是只有手頭寬裕時才買得起，沒錢的話大概就是從村裡挑個姑娘吧～」

巫女只是虛有其名的祭品。

「可是啊……」

有一天，出現了一位身懷神通力的巫女。據說那位巫女當著村人的面，在水面上行走起舞。

（老先生對這傢伙，還真是卸下了心防呢。）

這些事貓貓都是初次耳聞。老先生或許是與巫女世系有點血緣關係，才會知道這類故事吧。而老先生同時又是村長的遠房親戚，讓貓貓總覺得怪怪的。

「換句話說啊，要不是具有巫女的神力，什麼時候會被當成祭品都不知道呢～」

不管是蛇神還是沼澤之主，總之被當成祭品的人絕對吃不消。

「然後啊，才剛逃離被當成祭品的命運，接著又被送進後宮耶，情何以堪啊～」

意思是結果沒被送給湖沼之主，卻被送給了一國之主。

（難怪再也不想回來。）

老先生說姑娘再也沒回來，這理由夠充分了。豈止如此，就算對村人心有怨恨也無可奈何吧。

貓貓漫不經心地望著水面。沼澤表面微微波動，不過照克用方才落水的狀況看來，底下應該是一灘爛泥。貓貓隨手拾起掉在地上的棍子，插進水裡看看。一插進泥巴裡就很難拔出來。

「與其說是沼澤，根本可以說是泥地了。雖然應該是治水措施讓流進來的水得到了疏導，但沼澤越變越小可能也是原因之一喔。」

貓貓從蹲下的姿勢站起來。

「……你知道沼澤是從何時開始縮小的嗎？」

「我沒聽說那麼多耶～去問老先生就知道了吧？」

貓貓摸摸下巴，不停攪拌泥巴。趙迂不知何時跑來她身旁，同樣也開始攪拌泥巴。

「妳掉了什麼東西嗎？」

「沒有。」

現在是多雨的季節，沼澤目前這個水位已經是上升過的了。換言之，沼澤到了乾旱季節一定會更黏稠。

「！」

「怎麼啦，麻子臉？」

趙迂探頭看看倏然站起來的貓貓。

貓貓不理趙迁，迅速跑走。
「喂，麻子臉！」
「奇怪～？妳是怎麼啦～？」
貓貓沒回應兩人的疑問，奔往老先生位於對岸的小屋。
比起跟兩人說話，她現在一心只想證明方才想到的事。
貓貓一路跑著，臉上自然而然地咧嘴而笑。

「真是，突然搞什麼啊。」
兩人嘴上抱怨，結果還是跟了過來。趙迁跑到一半似乎跑不動了，讓克用揹著。
貓貓拾級而上，敲打小屋的門。
「菸草的種子拿來。」
貓貓劈頭就跟老先生這麼說。
老先生正在吃麵，那副模樣一半像是在吃鬍子。
「還以為妳要說什麼咧，種子沒長出來就認了吧。」
說完，老先生嚼麵條嚼得喳喳有聲。
貓貓早就知道他八成會來這套，因此她也有她的辦法。

「如果我說我知道那個咒術師的祕密了呢？」

貓貓用耳語般的聲量一說，老先生停止發出令人不快的咀嚼聲，放下了筷子。

「喂，克用，你拿這個去跟那個小傢伙玩。」

說完，老先生從架子上拿出一顆皮球丟給了克用。克用想接球但失敗了，追著往小屋外頭滾的皮球跑，趙迂尾隨其後。

屏退旁人後，老先生指指椅子要貓貓坐下。貓貓坐到椅子上後，望向窗外的沼澤。

「我猜那個咒術師，是在水位降低的時期現身的吧？」

畫師是在半年多以前見到白髮紅眼女子，即使往前後推算一下，仍然是少雨的季節。而水位一下降，沼澤泥地就會擴大。

「是啊。」

「以前巫女跳舞八成也是正值那種時期吧？」

「這兩件事有什麼關聯？」

貓貓把手指探進水缸裡沾溼，在桌上畫地圖。她畫出橢圓形的湖泊、小島與橋梁。可能是覺得這樣看不清楚，老先生靜靜地將紙筆遞給貓貓。紙質雖然粗硬，但比畫在桌上清楚多了。她在紙上畫地圖。

畫好後，貓貓指出湖泊沿岸離小島最近的位置。那裡離河水流入湖泊的位置最遠。

「那個什麼求雨的儀式，就是在這附近舉行的？」

「是這樣沒錯。」

該處正好鄰近這間小屋，從窗戶就能瞧見。

「那個什麼巫女或咒術師的，受到蟒蛇神的庇佑而能走在水面上。假如我也辦得到的話呢？」

老先生瞇起眼睛，一副有話想說的表情。

「勸妳還是別說傻話了。別怪我講話難聽，我不覺得妳有標緻到能迷倒蟒蛇神。」

「我也不認為像老先生你這種人會虔誠敬拜蛇神。」

貓貓與老人大眼瞪小眼。貓貓故意擺出笑臉，瞇眼挑釁。

假若貓貓猜得沒錯，這個老人應該知道些什麼才是，而且瞞著不說。老人好像猜到了她的心思般開口道：

「羅門有教妳像這樣用臆測的方式論事嗎？」

「為了證明我的臆測正確與否，我想檢查沼澤。」

老先生看貓貓的方式像在瞪人，但隨後起身要她跟來。

「我是沒資格說妳，但妳也太不知趣了。這種時候選擇相信仙女或巫女的存在才叫做識相。」

老先生忿忿地咕噥，然後呼喚在外頭玩球的兩人。

「去買點東西來當晚飯。」

說完，他拿錢給克用。看來是判斷玩球不夠拖延時間。

「小傢伙，這小子常常被人亂開價，可以麻煩你陪他去嗎？」

「好，包在我身上。」

趙迂如此說完，就跟著克用一起去了。老先生與貓貓站著不動，直到看不見兩人身影。

「隨我來。」

老先生帶貓貓來到沼澤裡一處圍著籬笆的地方。水面上長了浮萍。這裡連個坐下來釣魚的地方都沒有，沒人會喜歡進來。

滑溜溜的地面讓貓貓皺起了眉頭。她脫下鞋子撩起裙裳走過去，老先生也同樣撩起袴子步行。

湖水混濁，泥濘不堪。

「巫女就是從這兒走到那個小島的。妳如果能辦到，我就什麼都告訴妳。」

繼而，老人發出威脅似的低沉聲音：

「在名稱換成巫女之前，以往的姑娘都稱為祭品，被扔進了這個沼澤裡。據說她們被綁上重物，活生生被推進了無底沼澤。我曾祖母還說過她們越是掙扎就越是往下沉的臨死慘叫，嚇得她總是摀起耳朵。我可不能保證妳不會落入同樣的下場喔。」

雖說是習俗，但對旁觀的村人而言想必是件可怖的事。而他們為自己的所作所為感到悔愧，又做出了尋求饒恕的無意義行為。

沼澤周圍立著石柱。石柱以好幾塊大小相同的石頭堆成，頂端再放一塊最大的石頭。也許是用來代替墓碑。

「好，那麼巫女是如何走過沼澤的？」

貓貓從小屋裡拿來繩索，以及薄薄的板子。

「我想借用一下，可以嗎？」

「隨妳的便。」

「那好。」

貓貓在薄板上開出三個洞，用繩索穿過，做成醜不拉嘰的草鞋穿上。

（要是有田木屐就更好了。）

田木屐是下田插秧時穿的鞋子。但不能奢望太多。

老人偏頭不解，不過貓貓先賣個關子。

貓貓撩起衣服不讓它碰到地面，接著將繩索纏繞在身上，再把另一端綁到石柱上。

然後——

「喂，妳在做什麼？」
「還能做什麼，證明啊。」
貓貓一腳踏進沼地。與其說是踏進，倒比較接近踢踹。衝擊力把腳彈了回來。
「！」
老人還來不及驚訝，貓貓先伸出了另一腳，同樣又是踢踹般的力道。她反覆做出這個動作，在沼地上前進。
貓貓的確是走在水面上。她不是在學克用的說法，但同樣也是趁腳下沉前伸出另一腳，再趁下沉前伸出另一腳。她就這樣在沼地上原地踏步。
「這樣如何啊？我走在水面上了。」
貓貓咧嘴一笑，用滿懷自信的表情說了。
老人一臉呆愣，摸著鬍鬚。
「……這可真教我驚訝，但是……」
老先生不知道有了什麼想法，拾起一根掉在附近的長棍過來。然後不曉得在想什麼，踏進沼地把棍子一探。隨之而來的，是一種敲擊硬物的聲響。
「用不著這樣大費周章，沼澤裡其實有跟這一樣的石柱。」
說著，他敲打了一下大石柱。

「咦？」

貓貓蠢笨地叫了一聲，原地踏步也停了下來。結果兩腳不停往泥沼底下陷，只得讓老先生用繩子把她拉上來。

「弄了半天，妳方才到底是怎麼做到的？」

老先生把一身泥巴的貓貓拉上來，喘口氣之後說了。

貓貓脫掉趕製的木屐，一臉疲累地看著沼澤。

「介於液體與固體之間的東西，有一點特殊的性質。」

如果用太白粉演示會更好懂。將太白粉溶入一定比例的水之後，可以用手抓取，只是一抓就會從指縫間流掉。

這個沼地的狀態就像太白粉水。所以貓貓才會問老人那些巫女是在什麼季節跳舞。貓貓之所以穿上趕製的木屐，是因為她覺得湖水的比例有點多。

貓貓還以為一定是沼澤縮小改變了泥水比例，然後有的獻祭姑娘發現可以在水上走動。

「放這種機關豈不是作弊嗎？」

「埋在沼澤裡的石柱，是那些獻祭姑娘的墓碑。」

墓碑埋在即使進入乾季也不會露出頭來的位置，數量有十幾個。此亦即犧牲者的人數。

「過去當決定供獻下一個祭品時，村長的兒子把墓碑的位置告訴了獻祭姑娘。」

於是她反過來利用湖泊之主的存在，開始自稱為巫女。

「那已經是五十多年前的事了。」

前一位村長似乎不知道這件事。就村子的情況看來，恐怕只有這個老先生知曉此事。

貓貓瞪著老先生。

這老頭子打從一開始就知道此事了，所以他是故意隱瞞。除非有什麼見不得人的祕密，否則沒理由瞞著不說。

「咒術師是白髮女子嗎？」

貓貓重新確認一遍。

但老先生搖頭回答：

「沒來過那樣的人。只是……」

老先生開始一點一點娓娓道來。他說他在京城巧遇了昔日進入後宮的前巫女，而她已經有孫兒了。

前巫女問起如今蟒蛇神的狀況。

老先生說村裡雖然沒了巫女，但後來多虧治水有方，河川與沼澤不再氾濫。蟒蛇神的事情也成了迷信，祠堂荒廢，再也無人造訪。

「當時即使騙她也好，我若是說祠堂還好端端的，蟒蛇神保佑村子不受水害，或許就沒事了吧。」

前巫女露出一種什麼都無法置信的神情，老人的說法等於是否定至今巫女被獻祭推入沼澤的意義，讓前巫女失去了理智。

「過了不久，前巫女跟孫兒一同來到這個村子，說她如今侍奉另一尊蟒蛇神。然後，她讓孫兒走過了沼澤。」

（另一尊蟒蛇神……）

白注連、蛇神仙，然後是畫師見到的白髮美女。

貓貓拾起掉在地上的棍棒，探進沼澤裡。接著她一邊尋找墓碑的位置，一邊渡水走向小島。

比起貓貓的做法，的確這樣比較確實。只要腳下不踏空，就能平安抵達小島。

貓貓輕快地跳上小島。島上有著荒廢破敗的祠堂、叢生的野草，以及……

長著紅色薄薄花瓣的花朵在風中搖曳。這種花的壽命很短，一些已經凋謝的花只留下種球。

貓貓不知道這是有人種的，還是種子偶然附著於他物落在這裡。只是，此種植物絕不該出現在這裡。

結果原來是靠這些鴿子辦到的。

「老先生，是你說的那個前巫女來到鴿舍嗎？」

「是她孫兒。說是要用來下咒，每次會帶走幾隻鴿子。」

「這樣鴿子豈不是越來越少？」

「照鴿子的習性，放走之後很快就會飛回這間小屋所以不妨事。只要不被動物或人獵捕的話。」

換言之他們可以利用鴿子的習性互通音訊。

貓貓閉起了眼睛。她花了一瞬間思考該怎麼做，然後看看老人。視情況而定，前巫女或她的孫兒也有可能受害。這場巫女騷動很可能也與白娘娘脫不了關係。

貓貓嘖了一聲。

「老先生，你願不願意幫我的忙？」

「怎麼突然問這個？」

貓貓多少也還有點良心。她可以不跟老先生說一聲就去向壬氏報信，然而她盡量不想這麼做。

貓貓一邊估量底線能拉到哪裡，以及對方願意做多少讓步，一邊說出了交換條件。

十二話　里樹妃的受難

『一個叫做黃湖的村子有白娘娘的線索』。

壬氏與西方使者私下會面的翌日，就收到了貓貓寄來的這封信。

真不知該說是來得巧還是不巧，壬氏頭疼不已。

來自西方的使者，乃是去年自砂歐來訪的使節之一。對方是那對有如孿生的女使節之一，名喚愛凜（艾琳）。另一人名叫姶良（艾拉），因此有些容易弄混。上回姶良戴著紅色飾物，愛凜戴著藍色飾物；她這次則是穿著藍色衣裳。她是微服私訪，所以穿的並非顯眼的禮服（Dress），而是在茘國常見的曲裾深衣。

坦白講，壬氏不怎麼願意與她近距離見面。因為以前她所見過的壬氏不但男扮女裝，後來還取了月精這個可恥的名號。

壬氏原本已經夠忙了，什麼事情非得挑在這種時期說？結果此事竟是羅半所安排。羅半待在西都時似乎有些舉動，只是壬氏認為這名男子絕不會圖謀不軌，所以不予理會。倒不是信任他，只是了解他的性情。壬氏是不太明白，不過這名男子總是以數字美或不美作為思考準則，因此不會做出他所謂「不美」的行為。

談論的事情一半如壬氏所料，另一半雖然意外，但也不是完全想像不到的事情。關於這兩點，羅半似乎事前早有耳聞，沒做出什麼反應。

愛瀾說出了令人頭痛的要求，希望壬氏要麼輸出米糧，要麼幫助她逃亡荔國。

關於輸出方面，羅半已經跟壬氏談過有種名為甘藷的薯類。他表示此種薯類即使土地貧瘠一樣能種，且收穫量多出稻米的好幾倍。一回京城就找壬氏談這種事情，那個家族果然不容小覷。

多虧於此，害得壬氏回京之後半月以來，必須不眠不休地處理政務。光是處理累積的公務就已經讓人案牘勞形，竟然還多這麼一件事。後宮的事務也尚未交接完畢，令人頭痛的事項又冒了出來。

蝗災對策與輸出砂歐，這些事情如果公然提起諮詢，官員們是不會點頭的。特別是關於蝗災，官員們都認為靠壬氏至今做的各項對策就夠了。他們只有在災禍可能降到自己頭上時，才會想到要未雨綢繆。他們一定是不想因為杞人憂天而增加自己的公務吧。

不得已，壬氏只得改變個名目。他提出讓那些子字一族叛亂時朝廷緝捕到案的犯人以耕作代替勞役，這樣就不會有人對開墾新田有意見。而子北州多的是土地，既然已不受制於子字一族，朝廷要干涉就不像以前那般困難。另外一大重點是很多犯人過去曾是農民，之後的生活只是恢復受僱於子字家族之前的水準，頂多比那稍稍艱困一些罷了。

而且壬氏不是親自為之，而是讓別人代他執行。代理者乃是子字一族離散後，代替來治理子北州的高官。原為子北州出身的地方官，多年努力才熬到這個地位，且過去曾經歷過蝗災。作為今後的對策，壬氏向此人解釋過只要甘藷落地生根就能保百姓不餓，立刻獲得了同意。

不夠的人力，就在子北州湊齊。農家多的是無法分得田地的三男以下壯丁。女皇施行過的後宮政策堪稱德政，而這也是一樣。

壬氏至多能想到的就這些了。壬氏是秀才，卻絕不是英才。雖然還有些缺漏，不過一些細節就讓代他執行的人去處理吧。儘管責任重大，還是非逼他們做不可。

縱然將責任交付給別人很過意不去，不過壬氏另有要務。案牘勞形已是家常便飯，即使如此，他自認為明白自己的能力範圍。

儘管人數尚少，不過壬氏還有幾個可信賴的部下，每個都是各司其職、適材適用。壬氏思索此番這封書信該如何處理，同時輕輕舉杯。杯中早已滴酒不剩，眼尖的侍女水蓮一察覺到就說「哎呀哎呀」，為他斟了果子酒。

壬氏看著她斟酒，忽然將貓貓送來的信拿給她看。

「眼下有沒有人手邊無事？」

「回殿下，正好有幾人才剛剛回來。」
「給孤挑幾個適宜的人吧。」
「那麼……」
水蓮手掌貼著臉頰，做出思考的動作。
「新招聘的人員很有意思，殿下要不要試試？」
「……不要緊嗎？」
壬氏狐疑地看著水蓮。水蓮依然笑得快活。
「老嬤子至今何時給殿下挑錯人過？」
水蓮滿懷自信地如此回答，壬氏只能面露苦笑。這個連貓貓都得甘拜下風的侍女，原是跟著皇太后的。正是她與其他人在群魔亂舞的後宮中，守住了十來歲就懷上當今聖上的皇太后。
壬氏相信皇太后之所以讓水蓮這樣跟著自己，是出於一片慈母心。
「殿下若是不信，我給殿下說一件天大的祕密。」
說完，水蓮悄悄對壬氏耳語了幾句。耳語的內容讓壬氏身體跳動了一下。
「此話當真？」
「是真的，之前我為了一件事得罰罰她，結果得知了此事。」

以內容而論，與公務八竿子打不著關係。但對壬氏而言卻是有益的報告。應該說沒想到水蓮還罰過她。

為了什麼、怎麼罰，在此就不明說了。

「小殿下偶爾也想贏過她吧？」

說著，水蓮先是做個以年長女子而言有些可愛的動作，隨即恢復成原本那能幹侍女的挺立姿勢。

「那麼奴婢這就去安排。」

水蓮緩緩低頭行禮，然後不發出半點腳步聲就退下了。

這事已經交由水蓮辦理，壬氏只管盡力處理其他公務就是了。

回到正題，西方使節愛凜除了方才那事，還多帶了一個問題來。此一問題似乎連羅半也是初次耳聞，一聽立刻變了臉色。

聽到此種問題，即使是壬氏也巴不得能充耳不聞，險些維持不住笑臉。

說穿了，就是關於白娘娘的問題。

多虧於此，壬氏這回又去不了煙花巷的藥舖了。

「我們已經捉拿到白娘娘了。」

沼澤村莊那件事發生後過了兩天，貓貓就接到了此一消息。考慮到送信與收信所需的時辰，表示他們不到一天就做出了成果。

來到藥鋪的是馬閃，他在綠青館玄關鬼鬼祟祟的，是右叫把他帶了過來。聽到貓貓說今日白鈴小姐沒有偕同前來，他才明顯地鬆了口氣。

由於藥鋪地方太小，貓貓請老鴇準備了房間。綠青館有許多可供密談的房間利於行事，不過前提是不被趙迂發現。好奇心旺盛的壞小鬼動不動就想插嘴，所以被右叫帶走了。

貓貓喝了一口備好的茶水。

「這樣啊。」

「反應還真平淡啊。」

「不，小女子其實滿驚訝的。」

看來馬閃還不懂得解讀貓貓的表情。換成是壬氏或高順的話，會看見貓貓眉頭的皺紋。

飛鴿傳書此一手段，只要反過來利用就手到擒來了。貓貓也覺得他們只要看過綁在鴿子身上的文書，或是拿下前去取信的人就能掌握到某些線索，但沒想到會這麼簡單就到手。
貓貓在其他地方得到一名幫手，帶來了很大的幫助。
貓貓要求那個祭祀蟒蛇的老先生提供協助。老先生很疼愛他那行為近乎欺詐的妹妹與甥孫。貓貓說她知道妹妹與甥孫跟白娘娘多少有點關聯，老生先繼續知情不報只能等著看妹妹與甥孫受罰，所以要老先生棄暗投明；說穿了就是威脅。
「我們看守那間鴿舍，等有人來了之後一路跟蹤，結果抵達了某個官員的別第。」
他們讓老先生的妹妹當面查驗，她說她見過此人；於是馬閃等人又讓她指認與該名官員有交情的其他官員。結果正是其中一人窩藏了白娘娘。
「真是太容易了。不過話說回來，那些官員為何要如此包庇她呢？」
「官員們嗜吸大麻，官吏查出家中有疑似鴉片的殘渣。」
「喔。」
這下貓貓就懂了。開始吸食成癮性麻藥的人，為了拿到麻藥會不惜一切代價。要戒毒也得有非比尋常的決心。
「這是個教訓，叫大家不要碰危險的藥品。」
「妳有資格說嗎？」
貓貓無視於馬閃充滿疑問的表情，心思已經轉到了今天要調製的藥品上。馬閃來此想必也就是為了跟貓貓通知此事，所以應該沒其他事了。他右手的傷似乎已經痊癒，白布條都拆了。貓貓其實覺得他大可以用書信或派其他人來通知就好，沒必要特地一邊躲著娼妓一邊前來告知。

然而，馬閃話都說完了，卻遲遲不肯起身離席。他彷彿有話在嘴裡說不出來，頻頻偷瞄貓貓。

「……怎麼了嗎？」

「沒有，那個……」

貓貓雖然不知道他是怎麼了，但也不想多問。反正一定是什麼麻煩事，最重要的是假如與壬氏有關，那就更不想扯上關係了。

自從在西都告別，貓貓就沒見過壬氏。她只有為了白娘娘的事寫信給壬氏，收到的回信內容也只談公事。

（希望他能當成什麼都沒發生過。）

貓貓認為這樣才最能夠相安無事。然而越是祈求和平，世事就越是不從人願。

馬閃不再擺出一副有話要說不說的樣子，正色抬起了頭來。他用一種下定決心的眼神望向貓貓，開口說了：

「我有個問題，以女子來說，月事不來是否就表示有了身孕？」

「……」

這男的忽然說這什麼啊。貓貓給馬閃一個白眼，他把嘴巴抿得跟鋸齒似的，一張臉越來越紅。反應純情到這種地步，反倒讓貓貓不知所措了。

方才他說女子有孕什麼的，貓貓不禁擔心他是否被哪裡的壞女人欺騙了。

（不是沒有這可能。）

這個男人做事有點粗心。有很多人被女子灌酒，就這麼犯下一夜的過錯。從馬閃的職位來想，一定有很多女人想往他酒裡下藥。

貓貓認為這事開不得玩笑。

「……馬侍衛，就算是上了人家的當，身為男人還是得負起責任。」

馬閃一臉詫異地看著貓貓。

「如若真是自己的骨肉就該負起責任，話雖如此，對方也有可能會騙您——」

「給我等一下，妳在說什麼？」

「不是馬侍衛讓哪位姑娘懷上了身孕嗎？」

「瞎說什麼！」

馬閃一拳捶在地板上，震動大到讓貓貓整個人彈了起來。他是用右手捶的，貓貓擔心他不要又受傷了才好。

「既然如此，怎麼會問這個？」

「這、這是因為……」

馬閃又開始要說不說了。他一邊吞吐其辭一邊東張西望，然後向貓貓耳語：

「我說的是里樹妃。」

「……」

貓貓凝視著馬閃。

（不，不會吧……）

的確，當時兩人之間呈現一種奇妙的氛圍。里樹妃與馬閃若不是礙於身分立場，當時的確有種情投意合的氛圍。

（不，等等，何時發生的？）

他們哪來的閒工夫？不過貓貓也不是一天十二時辰盯著兩人，因此也無法全然否定，可是她又想，之前兩人看起來似乎沒那種感覺。

貓貓雖作如此想，但似乎腦子也亂了。她翻翻櫃櫥，拿出藥包放在馬閃的面前。

「這是比較無害的墮胎藥。」

此為娼妓愛用的上上品。

「我下手可能會不知輕重，但可以讓我揍妳嗎？」

馬閃難得講話口氣這麼客氣，反而讓人感覺出他的憤怒。要是被這男人用蠻力一揍，貓貓可吃不消。她悄悄把藥放回原位。

馬閃乾咳一聲後，喝了涼茶以冷卻因羞恥與憤怒而漲紅的臉。

「那個，關於那位貴人那個的那件事……」

馬閃似乎想避免說出特定名稱，用極其曖昧的講話方式開始說起。

「聽說她們在長期離開某個地方之後，必須做一件進去時做過的某種事情。」

「某個地方」指的應是後宮了。

「喔，侍衛是說那個啊。」

貓貓拍了一下膝蓋。進入後宮必須滿足幾項條件，如同男子得是宦官，女子也有件事得做。這事沒男子那麼難，只是有一點絕對得避免，就是在進入後宮前已有了身孕。因此進入後宮之際，都得先確認月經如常才能入宮。

有時也會例外恩准宮女暫時返家，但幾乎都是於結婚前夕返家請安。在這種情況下，對方的名字也會記載下來，所以就算懷孕也會被認定為對方的骨血，而且幾乎都在臨盆之前就辭官了。

假若離開後宮將近兩個月，而且還是貴為上級妃的話，必須再接受一次入宮前的檢查也無可厚非。

趙迂不在，卻換成毛毛死纏不放，不過貓貓拎起牠的脖子，把牠放到了左膳頭上。左膳嘴上說：「很熱耶。」卻一副竊喜的表情享受牠肚子的白毛。

進宮當差之際，人家會送她新衣服好讓她打扮得像樣點，或許可以算是賺到外快吧。衣服不會被收回去，貓貓總是在當差完畢後拿去舊衣舖賣，或是由娼妓們爭相出價。除了平時的衣裳之外，另外還準備了一件白外套。這是醫官服的代替品，在這季節多套這一件很熱。

既然貓貓像這樣被叫去，表示此時此刻娘娘的月經還沒來。貓貓準備了可促進血液循行的溫經湯，以備不時之需。另外還有幾種可用的藥，貓貓挑了副作用較少的種類。貓貓是覺得經驗遠比自己豐富的羅門不可能沒準備，但她考慮到比起身為宦官的他，由同為女子的自己送去比較不會讓娘娘緊張。

馬車駛入宮廷中，在後宮門前停下。這兒離以前她受到皇太后安氏召見的宮殿相當近。

貓貓一邊忍受著悶熱一邊披上白外套，然後下了馬車。

這是一座正好位於皇太后宮殿與皇后宮殿之間，規模較小的宮殿。想來應該是如今的後宮尚未建成之時，昔日嬪妃的住所吧。去年貓貓造訪的那棟先帝住過的樓房早已拆毀，使得周遭的景觀顯得有點煞風景。

宮殿門前，站著一位神態穩重的醫官，手上持著拐杖。

「妳來啦。」

醫官羅門跛著腳來到貓貓身邊。雖然有書信往來，但大約有半年沒見到面了。除了羅門之外，另有兩名像是醫官的男子。不知是因為身為醫官，抑或是顧慮到里樹妃的心情，兩人皆為個頭矮小、恭儉溫和的老人。

「請進。」

里樹妃在後宮的一名侍女出來相迎。貓貓有見過這面孔，但不知其名。只是，對方似乎記得貓貓的長相，她聽見對方微微嘖了一聲。

雖然每次都是如此，但不得不說對方態度還是一樣壞。毋寧說似乎甚至惡化了。

「這邊請。」

侍女如此說完後帶著眾人入內，不過總覺得她似乎在繞遠路。她先是走上二樓，接著前往三樓，來到最後頭的房間之後，又大言不慚地說：「真是抱歉，奴婢忘記娘娘已經換房間了。」

（就這麼想跟我們過不去嗎？）

由於同行的三位醫官全是老先生，神情又顯得溫和順從，侍女把他們看扁了也說不定。

結果貓貓被帶到宮殿一樓最後頭的房間，感覺就只是平凡無奇的嬪妃房間。當然說普通也是拿嬪妃做標準，房間裡盡是老百姓花上一輩子都用不起的家具什器。

里樹妃躺在華蓋床上，已見過多次的侍女長神色尷尬地站在一旁。雖然醫官已經年老，但侍女長看到幾個男人仍然渾身緊繃了一下，接著發現貓貓也在，才顯得稍稍鬆了口氣，不過貓貓感覺對方似乎對她仍有另一番戒心。

「我們幾個不便處理此事，因此微臣帶了另一人代為處理。」

羅門簡短地如此說明，接著向貓貓使個眼神。

里樹妃被懷疑懷有身孕，就算沒有，身為上級妃如果與皇上以外的人發生過什麼，恐怕小命難保。

（我是覺得不可能。）

首先，貓貓不認為像里樹妃這樣沒心機的人能有如此大的祕密。假如有，別說貓貓，與她同行的阿多不可能渾然不覺。只是不能保證絕無可能。

於是貓貓站到怯生生的娘娘面前，兩手手指各自蠢動。

最便捷的方法，就是證明里樹妃乃是處子之身。像貓貓這樣在煙花巷出生長大的人，多的是辦法可以查驗。

「快點把事情解決了吧，這樣心裡比較輕鬆。」

「咦！等一下……不、不要，啊啊！」

「沒事的，娘娘只要數數床上的木紋，很快就結束了。」

「咦，啊，啊啊！」

里樹妃伸手向侍女長求救，但貓貓拉起了床鋪的帷幔。包括阿爹在內的老醫官可能是顧慮到娘娘的心情，都躲在房間一隅背對著床。

有好一會兒，里樹妃不成言語的慘叫響徹了房間。

「不用說也知道，娘娘是清白的。」

貓貓一臉若無其事地用手巾擦手。床上躺著渾身癱軟無力的里樹妃，侍女長慌得不知所措。貓貓認為都是女子沒什麼好害臊的，對娘娘做了替玉葉后診斷逆產兒時的類似處理，不過看來把經產婦與大閨女等同視之似乎還是做錯了。消耗的體力比以前在浴殿替娘娘全身除毛時更激烈。

「貓貓，再待人家溫柔一點。」

羅門說出了為時已晚的話來。身後兩位老醫官也露出尷尬的神情。

由於差事已經辦完，貓貓正以為接下來只需慢慢寫文表時，事情發生了。

「失禮了。」

某個女子的聲音傳來。

房門打開，里樹妃的三名貼身侍女走了過來。走在中間的，是之前受過壬氏警告的前侍女長。她還是一副壞心眼的表情，只是今天又更甚於以往。

「各位姑娘有何貴事？」

侍女長問道。雖然就地位而論應該是她比較高，但現在的侍女長原本只是個試毒侍女。看到前侍女長不免畏縮，也是情有可原。

前侍女長理都不理這個侍女長，看了看幾位老醫官與貓貓。

「娘娘的清白獲得證實了嗎？」

「是，剛剛才查驗完畢。」

聽羅門如此回答，前侍女長將視線移向貓貓。

「可是，查驗的不是那邊那個女人嗎？找原本就與娘娘認識的人來查驗，怕是有欠公允吧？」

簡直想說貓貓會為了偏袒里樹妃而撒謊似的。坦白講，她那種態度有點惹惱了貓貓。

「那麼您也一起來查驗如何？若是再找一位產婆來，我想會更清楚明白。」

聽到貓貓的發言，里樹妃與侍女長的臉孔都在抽搐。那副表情像是在說，若是再受到更多羞辱就要活生生氣死了。

豈料前侍女長卻搖搖頭，一副高高在上的神態。她變得比上回更目中無人了，不像以前好歹表面上還會裝得殷勤有禮。

原因就握在她的手上。

「我其實也不想這麼做的。可是，既然都找到了這樣的東西，我覺得容不得我有私心，才會冒昧前來說明。」

說著，前侍女長把手裡的紙張放到了桌上。那紙不知為何皺巴巴的，讓貓貓很是疑惑。

「沒想到娘娘竟然會寫下這種東西。」

她假惺惺地哭倒在桌上。

看到紙上寫的內容，貓貓皺起了眉頭。

「她竟敢寫情書給聖上以外的人。」

紙上用可愛的字跡，寫著光看都覺得又酸又甜的文章。

（難怪要繞遠路了。）

貓貓這下才明白，起初他們前往里樹妃的房間時，侍女為何要整人似的把他們帶往其他房間。恐怕是為了拖延時間。

房外有前侍女長叫來的官員。假如里樹妃紅杏出牆之事屬實，侍奉娘娘的侍女們也將受牽連。明明是如此，她為何要做出這種事來？

最大的問題在於情書是否真的出自里樹妃之手，然而筆跡已經過鑑定，確實是出自娘娘之手。

貓貓他們還來不及向娘娘問個清楚，就被攆出了宮殿。

看來他們其實是想趕在貓貓查驗前過來，但因為沒能拖延時間而失敗，所以可說是使出了強硬手段。

被攆出來的貓貓等人，決定先回宮廷裡的尚藥局再做計議。

貓貓本身是個外人，羅門與另外二位醫官為人又不強勢。一旦對方說到此為止，他們也只能離開。

總之貓貓先擬好一份類似文表的文書。雖然前侍女長說貓貓的話不可信，但事情不是由她來判斷。至少看到里樹妃的反應，這幾位老醫官似乎都認為貓貓說得沒錯。

「不過那種做法還真是露骨呢。」

老醫官甲開口說了。這位醫官身形高瘦，讓人聯想到枯樹。

「是啊，我都不忍心看下去了。」

老醫官乙回答。這一位則是有著胖如香腸的手指，以及圓滾滾的體型。

羅門以歲數來說與兩人差不多，但因為是新進醫官，因此為眾人準備茶水。貓貓本想幫忙，但羅門說：「妳先把文表寫好吧。」體貼地讓她坐下。

「後宮從以前就有很多那種人，但只要想到現在還是老樣子就覺得受不了啊。」

「是了，我不會說全都是姑娘家的錯，不過女人一多總是濁氣重。我看宮廷裡也差不多吧。」

聽到二位醫官的對話，貓貓偏頭說：

「兩位應該不是宦官吧？」

但口氣聽起來卻好像待過後宮似的。

「是啊。我們待過後宮，但沒有去勢。還沒去勢就溜了。」

「因為早年醫官即使不是宦官也能進後宮的。只是取而代之地，每次都得服用奇怪的藥品就是。」

（喔。）

貓貓想起來了。講到後宮最大的醜事，就是數十年前發生的那樁了。說是有個醫官與後宮宮女私通，弄大了人家的肚子。其實當時是將先帝幹的事賴到後宮醫官頭上，將該醫官與私生子逐出後宮解決了此事。

這讓貓貓想起，雖然目前後宮醫官僅有庸醫一人，但當時的規模可是現在的好幾倍。既然不用閹割也能入宮，另有幾名醫官也很合理。

「多虧於此，溜得慢的我就變成這樣了。」

羅門用托盤端著茶過來了。

「誰叫門兄那時候照樣悠悠哉哉的呢？」

「是啊是啊，所以我們才能得救。」

二位老醫官笑得高興，羅門卻只能露出困擾的表情。再加上親暱的稱呼，看來三人是老朋友了。

「小姑娘既然是門兄的養女，那麼妳就是那個了？那個怪傢伙的……」

由於講到這裡的時候貓貓的臉孔已經不是歪扭而是變形了，胖嘟嘟醫官馬上住了口。

「嗯，這個年紀的姑娘經常如此。人家不喜歡的東西就少提吧。」

高個子醫官識相地如此為話題做結。可能是年長者比較有智慧吧，很高興他這麼明理。

「回到正題，原來那種人從以前就很多了嗎？」

「是啊，因為後宮就是個龍蛇雜處的地方。」

在女皇治國的時代，眾女子無不是互相百般陷害。由於女皇用人任官一向只講求實力，因此後宮也在那異樣的空間中構成了宮廷的縮圖。

「據說細作（間諜）也很多呢。」

「細作？」

看來嬪妃之間果然是爭鬥不斷，老醫官說她們會利用下女刺探別處的內情。

「偶爾好像還會有侍女背叛主子呢。」

據說有些嬪妃會花言巧語蒙騙對現況心有不滿的侍女，收為己用。她們有時還會借助父母的力量，反過來掌握對方父母的弱點等等，使得後宮內的權力排行瞬息萬變。

「尤其是當今皇太后有了身孕時更是驚人。一些嫉妒到瘋了的嬪妃，不知使出了多少毒計想要她的命呢。」

「是了是了，直到得到女皇保護之前，我都不明白她是怎麼活下來的。」

「那是因為她有個厲害的侍女。那侍女太有能耐了，聽說還讓刺客投誠了哩。」

（在講哪本話本啊。）

貓貓沒了興致，表情冷淡地啜茶。

「許久沒看到那麼讓人討厭的場面了。」

貓貓聞言，心裡起了個疑問，說了出來：

「就二位的話聽來，似乎是說有其他嬪妃唆使侍女陷害里樹妃？」

「不是嗎？不然，誰會那樣狠心誣陷自己侍奉的千金小姐呢？」

這麼說來倒也有理。前侍女長至今的行為，至多都只能算是欺凌娘娘。但這次不同，擺明了是要誣陷她。

這麼一來，娘娘會被逐出後宮，侍女們都會失去官職，前侍女長也可能同樣受罰。

「可是即便如此，這麼做似乎也太膚淺了。」

對於貓貓的疑問，二位老醫官互相對看，笑了起來。

「既是門兄養大的女兒，我想妳一定是位相當聰慧的姑娘。可是這世上啊，有很多人看事情不像妳這麼仔細。」

高個子醫官向貓貓諄諄勸說。

「小女子明白不是沒有那種人，只是……」

但也做得太過火了。

「像他們那種人啊，只顧著出一口氣，沒想到自己的將來。起初只是因為看對方有點不順眼就戲弄戲弄。可是，一旦遭受到反擊，火氣就更大了。」

「可是，只要考慮到對方的身分，難道多少不會有點退縮嗎？面對一位上級妃，區區侍女這樣強出頭……」

貓貓反駁道。

「嗯，妳說到重點了。只要有人推這種勉強懸崖勒馬的感情一把，人啊，蠻容易就會墮落的。」

於是輕易就搞出了所謂的細作。

「哈哈哈哈，你真的很愛聊這種事呢。上次你不也說過嗎？說那個傳聞中的白仙女是來自外國的細作什麼的。」

胖醫官邊吃甜饅頭邊笑道。羅門穩重地笑著啜茶，但從他眼神深處可看出對里樹妃的同情。

「別擔心，只要小姑娘好好上書，那個娘娘不會有事的。」

像是要去除羅門的擔憂，胖嘟嘟的醫官如此說道。

「可是情書這問題可不小啊。」

羅門仍在擔心。

「這有什麼，那個年紀的姑娘常常都這樣的。姑娘家作春夢寫情書有什麼不對？只是說出去的確很丟臉，論身分也不合適罷了。只要說是練習寫給皇上的就成了。就算真的寫了，又能送給誰？嬪妃的書信，應該全都得經過檢閱啊。」

「是這樣沒錯，可是……」

那個莫名充滿自信的前侍女長讓貓貓很是掛心。

「對了，貓貓。」

「什麼事？」

羅門坐立難安地偷看外頭。

「差不多這個時候，有個人每次都會跑來喊著『點心時間到了』。妳待在這兒不要緊嗎？」

貓貓一聽此言，立刻把羅門端來的茶喝乾。

可以聽見尚藥局外頭有個奇怪的老傢伙在哼歌。貓貓迅速收拾好隨身物品，打開與入口

位置相反的窗戶。

「那麼小女子告辭。」

「真是個頑皮的姑娘。」

老醫官嘴上如此說著，卻無意阻止，而是在準備避開即將前來的急風暴雨。

貓貓才一到外頭，就聽見「砰——」一聲用力把門推開的聲響。

「叔父！我帶雞蛋糕來了——！一起吃吧！」

這個喊著點心名稱的人絕對就是那個單眼鏡怪人，因此貓貓不再有理由久坐。

（不過話說回來……）

這樣里樹妃的問題真的就解決了嗎？貓貓心中仍有不安。只希望別演變成更大的某種問題就好。

然而，貓貓的壞預感總是會化作現實。

十三話　醜事　上篇

數日後，左膳帶來了一項令人憂心的消息。他神色拘謹地到藥舖來露臉，說是想跟貓貓談談。還以為他要說什麼，沒想到竟是關於里樹妃的話題。

「後宮的嬪妃假如與其他男人幽會，是不是會被處刑？」

被他突然這樣說，「嗄啊？」貓貓不禁輕蔑地叫了一聲。這似乎惹惱了左膳，他一屁股坐到了藥舖的地板上。

「到底怎樣？我就是沒學問，妳告訴我吧。」

左膳的目光像是要把人射穿。貓貓反省了一下，覺得自己態度不好。這名男子原本是為子字一族效力。貓貓雖不認為他對那個家族忠心耿耿，但看來對樓蘭似乎另有一份同情。

「如果是私通的話，遭到處刑也是莫可奈何的吧？若是宮女也就算了，但你說的可是嬪妃耶。還有，你到底是怎麼了，幹麼忽然問這個？」

左膳噘起嘴唇，調離目光。

「我在市集上聽到的，說皇上又要開始肅清另一個家族了。」

「是卯字一族嗎？」

「不知道，只聽說是才十六歲的上級妃犯了錯。」

「……」

貓貓頭痛起來了。而且既然連左膳都聽說了，可見在京城當中定然已是無人不知，無人不曉。貓貓已經上書證實里樹妃無罪了，她本來還努力讓自己相信，不管前侍女長說些什麼都不會演變成大事。

換作是平常的話，貓貓會寄書信給壬氏等人靜候回應，但這回她沒那耐性。

「喂，妳上哪去啊！」

「麻煩你看著藥舖。」

「怎麼又來了啊！」

貓貓三步併成兩步，趕往京城的北側。那裡除了宮廷之外，還有達官貴人居住的街區。在那一帶有著皇上的離宮，也就是前上級妃阿多的居所。

「請問阿多娘娘是否在宮中？」

貓貓對守門衛兵說道，但對方自然不可能這樣就輕易放行。

「姑娘有否取得晉見許可？」

對方之所以對一個穿著寒傖的藥舖姑娘這樣客氣說話，想必是因為貓貓之前來過，對方還認得她。但衛兵也無法因此就隨意放行。

「沒有。可是，小女子想求見阿多娘娘。」

「……抱歉，這是規定。我不能輕易放妳進去。」

貓貓也不便趁神情歉疚的衛兵不注意時闖進去。就算真做了，充其量也只會被逮住。

「能否請大人向娘娘通報一聲？」

「……很不巧，娘娘外出了。」

貓貓一臉苦澀。但她不願無功而返。

（那翠苓應該在吧？）

此一念頭閃過腦海，但貓貓加以否定。翠苓被當成了不該存在的人，貓貓不能直接去見她，就算見到了，她也沒有權力請阿多出來。

「能否讓小女子在這裡等候？」

貓貓如此說道，決定靜待阿多回宮。

後來大約過了半個時辰，一輛馬車回到了離宮來。

貓貓正坐在樹蔭底下等著時，方才那位守門衛兵親切地過來通知她。貓貓急忙站起來跑過去，就看到阿多從馬車車窗探出了臉來。

「真是意外，我還以為妳的性情更淡漠些。」

男裝麗人神色平靜自若地說了。

「小女子原本也這麼以為。」

若是換成幾年前的貓貓，大概不會熱心到跑來找阿多。宮廷有它自理門戶的能力，況且皇帝向來關愛里樹妃，以前的她必然會認為事情不嚴重。

只是貓貓的思緒，此時將里樹妃與遭到肅清的子字一族的千金重疊在一塊。或許是因為這樣，使她變得有些感情用事。

「咱們到裡頭慢慢說話吧。妳在這麼大的太陽底下等我，一定渴了吧。」

「謝娘娘。」

貓貓深深鞠躬致謝，然後進入了宮殿。

「沒想到消息已經傳遍了市井，實在太快了。」

阿多翹起二郎腿，雙臂抱胸。這本來應該是種高高在上的姿勢，但由她來做卻莫名地合適，不會令人感到不快。

房間裡原本有位備茶的侍女，但不知何時不見了人影。貓貓本以為至少翠苓會過來，但也沒看到人。

貓貓戰戰兢兢地問道：

「照娘娘的神情來看，傳聞是真的了？」

「……目前娘娘被命令遷往另一座宮殿，等於是受到了軟禁。」

雖不至於被視為罪犯，但同樣是被關了起來。

「娘娘與里樹妃說過話了嗎？」

「說過了。」

然而，里樹妃說她沒有寫過什麼情書。只是里樹妃又說，紙上那篇文章確實是她寫的。

貓貓聞言，偏頭不解。

「這豈不是矛盾了嗎？」

「不矛盾。她說那是在抄寫話本。」

（原來是這麼回事啊。）

宮女們喜愛的話本多為煙粉傳奇。只要取出其中一段寫下，看起來倒也有幾分像情書。

「娘娘似乎也大受打擊，因為她抄寫話本，是為了幫助最近漸漸熟識的一名宮女。」

「……」

貓貓目光悄悄低垂。

她還以為里樹妃慢慢有了些自己人。

既然是不會寫字的宮女，那必定是低階宮女了。假設里樹妃是笨拙地想試著與對方交好，而努力抄寫了話本好了。別以為不過就是抄寫幾個字，其實可是費時費力的。當然，貓貓猜想她應該是不求回報，可見能與那宮女交好讓她有多高興。

（換句話說，她是被背叛了。）

或者對方從一開始就是為了這個目的才接近她？無論怎樣，都是極其陰險的手段。

「那麼，只要呈上原本抄寫的話本……」

「關於這點，後宮的書籍都會經過檢閱，因此會留一本作為備品，但在那些話本當中沒找到相同的文章。」

「所以那本沒經過檢閱？」

「是啊，想必是混過了檢閱夾帶進來的。」

這種東西進入後宮可是一大問題。但是，有一點令貓貓在意。

「讓娘娘抄寫那種話本的宮女到哪裡去了？再說，既然她不識字，又怎能弄到逃過檢閱的書籍？」

「如果我說那個宮女已經離宮了呢？」

正好就在里樹妃出宮遠行時，約莫有一百名宮女期滿退宮。阿多說那人便是其中之一。

「離開後宮之後呢？」

的說法。

「能否讓小女子見見誰，例如里樹妃……不，至少能見到那個傭人的兒子也好。」

正好就在這個時候……

她們聽見有人敲門，傭人怯怯地露臉。

「何事？」

阿多一問之下，傭人神情不知所措地看著貓貓。

「一位名喚馬閃的大人來訪，說是要見貓貓。」

簡直像算準了時機登場似的。

馬閃一來只跟阿多匆匆致過意，就把貓貓帶了出來。

「究竟發生什麼事了？」

貓貓姑且問了一下。馬閃沒乘馬車而是騎馬過來。像這樣讓貓貓坐在背後急驅的模樣，在街上頗為引人注目。貓貓拿塊布蓋在頭上遮臉。

「里樹妃的事妳聽說了嗎？」

「聽說了。」

「那妳應該明白吧？妳能不能想想辦法，證明她是無辜的？」

貓貓聽懂了馬閃的意思。只是，有一點令她在意。

「我無法與娘娘見面。對方要我找人代替。」

既然是因為私通嫌疑受到軟禁，要與男人見面想必很難。

雖然如此正合貓貓的意，但有件事令她掛念。貓貓試著壞心眼地問了一下這個勇猛魯莽的男子：

「這是壬總管的命令嗎？」

「……是我的判斷。」

「這樣呀。」

貓貓覺得果然事有蹊蹺。只是在騎馬時不便惹惱對方，所以目前先保持沉默。

里樹妃已從日前那座宮殿遷到了別處。相較於之前還是當成嬪妃看待，住在鄰近後宮的宮殿，如今則被移往西側。那裡與其說是宮殿，倒比較像是一座塔。雖然類似寺院寶塔，但規模相當大。六角形的建物上有著層層重疊的屋頂。儘管色彩比較黯淡，但因此增添了渾厚感。圍繞四周的大樹也加深了此一印象。

以一棟建物而論是過度氣派了，但供嬪妃起居的話卻給人極其樸素的印象。

最重要的是，入口處還有些粗野的男子監視著。

「在女皇時代，違逆她的權貴顯要都被帶到了這裡來，假稱他們患了不治之症，需要接受最新的醫術治療。先帝的哥哥們罹患時疫之時，據說也被帶到了這裡。所有人都在這塔裡殂落了。」

（原來是個不祥之地。）

貓貓差點說出口，但憋住了。一聽到這種軼聞，嚴肅莊重的氣氛頓時蕩然無存，變成了一座普通的陰暗牢獄。

（是皇上這麼下令的嗎？）

她還以為皇上總是用他的方式在關心里樹妃。

「只要推翻現有證據，里樹妃就能出來了。」

換言之他是希望貓貓去聽聽里樹妃的說法，以找出真相。

這點與貓貓的意見不謀而合。

但是只有一件事，她必須確認清楚。

貓貓拿掉蓋在頭上的手巾，目光堅定地看著馬閃。

「小女子會照馬侍衛說的做。即使是我，也覺得里樹妃受到這種對待太不公平。」

貓貓多少也有一點感情。起初她以為里樹妃是個不討人喜歡的小公主，但目睹過好幾次她的桃花薄命後，實在無法不同情她。

貓貓多少幫著里樹妃一點，應該不會有問題。她以前在後宮當差時，礙於玉葉后的面子而不能插嘴管太多，但如今不同了。

可是馬閃又是如何？

「這不是壬總管的命令，而是馬侍衛的獨斷對吧？」

「正是。」

「侍衛有理由這麼做嗎？」

貓貓會這麼問是理所當然。由於太過理所當然，即使她一直掛心，卻沒能問出口。

「一位無辜的嬪妃落入囹圄，想救她不是必然的嗎？」

「侍衛何以知道她是無辜的？」

貓貓清楚明白地說出來。

里樹妃與馬閃，應該是上回旅途中才初次見面。也許在遊園會之際見過對方，但不曾說上話。

兩人於旅途之中沒打過幾次照面，只有在被獅子襲擊的那次才正面看到對方。他們倆也沒交談過，馬閃都還得向貓貓問里樹妃的事情。

為了這樣的她，馬閃未接受命令就擅自採取行動，能是為了什麼？

（拜託別這樣好嗎？）

世上有些人，就是會做出一見鍾情這種麻煩透頂的事來。他們不管雙方是什麼性情或身分，就只看長相，而且是近乎出於直覺地愛上對方。

貓貓敢斷言，馬閃現在正是受到這種給人找麻煩的感情所推動。換作是平素的馬閃，即使多少有些感情用事，但應該還懂得身為壬氏隨從的分寸。獨斷專行地主張里樹妃無罪，已經超出了他的職守。

而且貓貓另外忠告他一件事：

「縱然查出娘娘無辜，她還是得回後宮的。」

「……我明白。」

她是馬閃絕對碰不得的高嶺之花。馬閃真能僅僅暗自思慕就結束了嗎？

「……那就好。」

貓貓還有很多話想說，不過就先點到為止吧。貓貓也不想蹚渾水。

偶爾有些客人也是如此。他們會對娼妓一見鍾情，為此賠上了積蓄整日流連。錢斷情也斷，有些男人不懂此一道理，會惡罵變得冷淡的娼妓，或者是惱羞成怒地要殺人。把閨房弄得血跡斑斑慘笑的男人看了十分駭人。

如果真愛上她們為了接客而睡眠不足，用化妝掩飾黑眼圈的容顏的話，貓貓希望他們可以貫徹始終。那些因為沒看清真相而來批評對方的人，貓貓倒覺得要怪就得怪他們濫情。

貓貓看向馬閃，希望他萬萬別做出那種傻事。

「我明白。」

馬閃語氣沉重地重複一遍，像在勸說自己。

貓貓一面以冷淡的視線看著馬閃，一面前往那座牢籠。

「娘娘心情還好嗎？」

會好才有鬼。貓貓一面作如此想，一面看了看里樹妃。衛兵放貓貓進塔，並給了她寫著時辰的木簡。對方說可以與娘娘交談到下次鐘響為止，就放行了。

塔內的構造很有意思，沿著外側有一圈圈的樓梯與走廊，內側是房間。里樹妃的房間大約位於三樓。貓貓本以為她會被關在更高的地方，看來似乎並非如此。

臉色蒼白的里樹妃點了個頭。她身旁只有那位侍女長，住的是兩房相通的樸素房間。其他就沒有任何像是侍女的人了。

雖然以罪人的房間而言夠氣派了，但被關進這裡的權貴顯要想必只覺得受辱。

（不知有多少人發瘋死在這房裡。）

假如把這種話講出來，里樹妃想必會變得更面無血色。

「娘娘月信來了嗎？」

「總算來了。」

里樹妃顯得有些羞赧，臉龐微微下俯地說。但這並不代表她身體恢復了健康。只是總比一些人硬要辯稱貓貓診斷不公，再派別人來查驗要好。最起碼娘娘已經沒了懷孕的嫌疑。

「查出持有書信的男子，與娘娘是何種關係？」

「那不是書信，只是抄本而已。」

語氣雖然弱怯怯的，仍聽得出在否定與對方男子有任何關係。

「那人是傭人的兒子，只不過是小時候照顧過我幾次罷了。我最後一次見到他，是在出家結束回府的時候。奶娘跟我說過他是個認真的人。」

聽起來不像在說謊，貓貓認為大概都是事實。

「我沒寄過什麼信，更何況我寄那些東西，都是皇上的賞賜，也是皇上要我寄一些給家裡的，我自己不會常常寄東西給家裡。就算有寄過信，那也是父親透過奶娘聯繫我時才會回信。」

諷刺的是，也許因為眼下情況特殊，里樹妃比平素多話了些。只是，她一跟貓貓眼睛對上就別開目光。這點是一如常態，貓貓不介意。

「聽說書信是夾藏在包裹裡送去的，這有可能辦得到嗎？」

「這很難說。」

侍女長代替里樹妃回答了。

「里樹娘娘送往娘家的物品，大多是皇上的賞賜。因此，在後宮辦完手續之後，就會安排直接由家人去取。」

在這過程中不會指定由誰來取。只是，那個傭人的兒子似乎也來取過。

雖然稱不上罪證確鑿，但也不能說全無可能。那個前侍女長若想誣陷里樹妃，這點事情就算調查過了也不奇怪。

「有沒有那個前侍女長送過包裹的形跡？」

里樹妃與侍女長搖搖頭。

「至少在我抄了那話本之後，應該什麼也沒送過才是。」

只要那個高高在上的前侍女長沒送過東西，其他跟班也什麼都送不了。這種東西會留下紀錄，到後宮一查便知。

既然這樣，里樹妃的抄本是怎麼送去的？

「她說是夾藏在包裹裡的，但能用什麼形式混進去呢？」

當成包裝紙恐怕有困難。難道是做成了防止東西散落的填充物？

「據說是擰成了細紙繩。找到的書信滿是皺痕，紙張破破爛爛的。」

「原來是這麼回事啊。」

若是如此，要偽裝想必很容易。就算讓別人取了包裹，不同於包裹內容，沒人會小心對

就算現在知道里樹是自己的骨肉，態度也不會有多大改變。

雖然是早就知道的事，但被迫面對現實仍然讓她滿心傷悲。

「里樹娘娘，奴婢把這些收拾乾淨就回來。」

河南把茶器收走，離開了房間。由於此處沒有地方可取水，東西必須拿到樓下去洗。侍女長可以於兩處來回，但里樹只能在同一層樓走動。想要下樓，必須求得樓梯看守的許可。

里樹嘆一口氣趴到了桌上。可能因為建物老舊的關係，聽得見地板的擠壓聲。她感覺似乎樓層越高就越是缺乏整修，總擔心天花板遲早會塌下來。

這座塔除了里樹之外，似乎還關著其他人。由於樓梯位於塔的外圍，要前往樓上時必須經過樓下房間的門前。每天總有數次，有里樹她們以外的人到樓上去。她問過侍女長，說是有人帶著飯菜或替換衣物上樓，所以應該是有人與里樹際遇相同。

里樹無法追問那人是誰，問了說不定還會後悔。

她無事可做，正想索性上床睡覺時，樓上傳來了某種聲音。

里樹嚇得抖了一下，望向了天花板。這是棟老舊的建物，有幾隻老鼠並不奇怪。但是獨自待在陰暗的房間裡，讓她心裡很不踏實。她害怕起來，考慮著是否該離開房間。

聲音咚咚地響，以老鼠的腳步聲來說很怪。里樹雖然害怕，但又莫名地好奇起來。聲音似乎來自於隔壁的天花板，里樹從床上拿起被子，蓋在頭上探頭偷看那個房間。

「是、是老鼠吧？還不快給我吱吱叫兩聲！」

蠢笨的威脅言詞衝口而出。以前，當里樹尚未發現自己被侍女們蔑視的時候，她都對來宮的下女擺出高高在上的態度。里樹想起自己當時，常常說些幼稚的威脅話。人家跟她說對方是下人，娘娘必須表現出身分的高低差別才能保持威嚴，她竟信以為真。難怪會被下女討厭，明明什麼都不會，卻只會虛張聲勢地嚇唬他人。

咚咚的聲響消失了。里樹安心地呼了口氣，但就在此時，好大的「匡噹」一聲響起。接著是一陣折斷東西的啪嘰啪嘰聲，嚇得她不禁一屁股跌坐在地。

繼而——

『欸，有人在那兒嗎？』

從天花板上傳來了說話聲。

十四話　醜事　中篇

「記不記得有看過這種故事？」

貓貓把她請里樹妃寫下的文章，拿給了書肆的老大爺看。由於時間有限，貓貓只請她寫下大綱，以及印象深刻的部分。遺憾的是娘娘說不記得書名。她說她只有抄寫下女拜託她的部分，因此整本話本只是隨手翻閱。

貓貓能做的事情很少。為了證明里樹妃寫的不是情書而是抄本，首先得找出原本才行。她問過里樹妃，娘娘說那話本不是刷印品，而是手抄本。不過裝訂得很漂亮，她認為可能是在市面上流通的商品，只是發行部數較少。

「嗯——看起來像是隨處可見的煙粉傳奇，但我對那類話本沒啥興趣。」

「買下的書你總會翻閱確認一下吧？」

「誰教最近書越來越多了，老花眼又嚴重。」

書肆的老大爺打個呵欠。這老先生如今已把較大的生意交給兒子做，算是半享清福了。大概是想早早把貓貓請走，好繼續睡午覺吧。

的確，內容就只是稀鬆平常的煙粉傳奇。只是內容隱約針砭時事，無論如何應該都通不過後宮的檢閱。故事描述兩家世仇的一男一女互相一見鍾情，然後在經歷諸多苦難後以悲戀告終。

事情沒有著落，讓貓貓按住了額頭。京城裡還有兩家書肆，都比這家來得小。搞不好其他城鎮的書肆也得跑一趟了。

就在這時，背上揹著大包袱的男子走進店裡來。

「歡迎光臨。」

男子對貓貓說道。他是店老闆的兒子。

「喔，你回來啦。」

「爹，你在做什麼啊？不會又是不想搭理客人的委託了吧？」

男子放下包袱，半睜眼睛看向了店老闆。他這兒子直覺可真敏銳。

「她來問我有沒有看過這種話本啦。但我再怎麼飽讀群書，也不是天底下什麼書都看過啊。」

「我看看。」

店老闆的兒子拿著紙，瞇起眼睛。

「這是……」

說著，兒子蹲下去，翻找他剛揹進來的包袱，然後拿出一本書。封面上繪有年輕男女的圖畫，但總覺得哪裡怪怪的。

貓貓接過書，開始閱讀。

光是隨手翻閱，就能看出與里樹妃寫的大綱很像。然後，她的手停在某一頁上。

「這……」

這跟里樹妃一邊回想一邊寫下的文章頗為相似。雖然相似，但細節不同，用詞不同，不過以意涵而言可說幾乎相同。

「裡面不是有些語句怪怪的嗎？那是把西方盛行的戲文翻譯過來的。」

「戲文？翻譯？」

「是啊。有幾處的描寫看起來怪怪的對吧。那是因為咱們這兒的人不可能理解西方達官貴人眼裡的景象，所以在翻譯時順便改成了咱們這兒的規矩或名稱。每次抄寫時，抄寫人都會依自己的喜好改寫一番。」

貓貓聞言，看看娘娘寫給她的那張紙。有個地方寫到了登場人物的名字，但那名字看起來有點怪。難怪這名字聽起來生疏，原來是把西洋人的名字直接音譯了。

貓貓隨手翻頁，尋找此種奇特的名字。但沒找著。只是發現有一個地方的前後文與紙上寫的相當類似，其中寫著極其一般的名字。

「哦，這是讀過了比這本更早的抄本吧。我還以為我這本已經滿舊了。」
「這本抄本上哪裡可以弄到手？」
「這是我從抄書舖買來的。不過我們店裡現在有在做刷印，所以去買的話會被轟出來。記得聽他們說差不多是在去年夏天到手的。」
換言之里樹妃抄寫的，很可能是在那之前流通的版本。
忽然間，貓貓停住了動作。去年的那個時期，後宮發生過什麼事？
「……商隊。」
「嗯？怎麼啦？」
「這姑娘真愛自言自語。」
書肆的店主人與兒子窺伺貓貓的神情，但貓貓沒空理他們。
（如果是商隊的話，要弄到來自西方的翻譯本不是問題。）
最重要的是，後來發生的墮胎藥騷動就足以證明，官員無法一一細查他們的商品。在當時的狀況下，要弄到一兩本書不成問題，更何況上級妃的侍女在買東西時會受到優待。
「換句話說，她是湊巧在商隊商品中看到書，買下來，然後試著誣陷主子？那麼，那封書信又是怎麼送的？是否有內奸？」
「聽不懂在說什麼呢，真是個怪姑娘。」

「爹，這樣太失禮了。」

貓貓不理會兩人所言，陷入沉思。但繼續這樣下去解決不了事情。

「我要買這個。」

貓貓把兒子交給她的書拿到店主人面前。

「十枚銀子。」

店主人趁機敲竹槓，漫天要價。

「這麼貴！你把這當成哪來的畫卷了啊。紙質這麼差，錯字又一堆。我看是抄書鋪一晚做出來的吧。」

貓貓也沒天真到隨人家開價。

「不，阿爹，那不是要賣的，是要拿來做印版的。」

兒子岔入貓貓與店主人之間。

「兩枚銀子！這才合理吧？」

「九枚半。」

「就說了，這不能賣。」

經過這麼一番討價還價，兩刻鐘之後貓貓以六枚銀子的價錢購得了書，一邊被擺臭臉的兒子瞪一邊離開了店家。

○●○

今天一樣是吃飽睡睡飽吃，虛度光陰的一天又要開始了。

「里樹娘娘，今天穿這件衣裳如何？」

侍女長河南拿一件青色衣裳給里樹看。這是里樹特別喜愛的一件衣裳，但她此時心情沮喪，沒那興致挑衣裳。

「那就這件吧。」

里樹懶得請她拿別件衣裳過來。更衣之後，河南準備早膳。這座塔的汲水處位於里樹所在之處的樓下，不過膳食是在其他地方調理的。河南似乎都是趕著去拿，但她每次都得喝涼掉的湯。

「那麼奴婢暫時告退。」

河南走出房間，可以聽到她下樓的聲響。在她回來之前，里樹無事可做。只是這數日以來，她不再覺得這段時辰空虛無聊。

『里樹，妳在嗎？』

隔壁房間傳來了聲音。

里樹抓起枕頭移動到隔壁房間，靠著五斗櫃的側邊坐下，抱著枕頭仰望天花板。天花板上插著奇妙的管子。老舊的塔樓有幾處地板或天花板已經腐朽。供眾人通行的走廊或樓梯是還好，但每個房間似乎就沒有多餘人力細細檢查了。

「我在這兒，素貞。」

里樹回答後，一股幽香從天花板飄了下來。此種似甜若苦的香味起初讓她很不習慣，但嗅著嗅著竟覺得舒服了起來。想必是樓上房客使用的香料了。

樓上的姑娘跟里樹一樣，也是情非得已才被關在塔裡。這個自稱素貞的女子，在數日前向里樹攀談。她聲音聽起來楚楚動人，卻敢把半壞的地板剝開，弄破腐朽的天花板插上管子，性情比里樹要大膽多了。

突然有人從天花板上向自己攀談，起初讓里樹吃了一驚，嚇得兩腿發軟。但當她知道從天花板傳來的聲音，並不是來自老鼠或鬼魂，而是年紀相仿的姑娘之後，意外容易地就與對方熟稔了起來。

更何況里樹多的是閒暇時間。里樹曾不小心說出自己的名字，不過對方沒什麼反應，想必不知道里樹是什麼人，這才讓她鬆了口氣。

『今天不知道是吃什麼？』

「昨天是什錦粥，所以今天希望是清淡的滑蛋雞肉粥。最好別放瑤柱之類的。」

真不可思議，一旦無事可做，吃飯就成了消遣。

『妳好像說過妳不敢吃海鮮呢。海鮮很好吃的，真可惜。』

「也不是什麼都不能吃，只是總覺得有點怕。」

也許是因為不用面對面的關係，里樹跟她講話不可思議地從不打結。

里樹沒問素貞是為了什麼理由而受囚。只是，聽到里樹用含糊的語氣說自己是受人誣害才會被囚禁，素貞說她也差不多。

『這兒真的什麼也沒有呢，讓人閒得發慌。』

「就是呀，聽到一點腳步聲都會起反應。」

『我懂。因為聽得出來是誰的腳步聲，所以會忍不住對送飯的聲音起反應。』

「妳好貪吃喔。」

吃吃的笑聲響起。

「素貞的耳朵好靈喔。妳是聽見了我的聲音，才會找我說話吧。」

雖說地板與天花板都已年久失修，但如果能聽得出樓下的說話聲，那耳朵是真的夠靈。

因為里樹就連從樓上傳來的聲響，都聽得不甚清楚。

『嗯，我耳朵非常靈的。就像現在，我可以聽見樓下好像有人上來了。』

里樹也試著側耳細聽，的確可以聽見腳步聲。她本以為是河南，但那人過門而不入，一這種時候對里樹講這種話，會讓她心生動搖。

「咦？最高的一層……」

『三樓與四樓之間的看守，每天會換班三次。前一個看守去叫下一個看守過來的時候，這裡就沒人看著了。當然，樓下的看守會錯開換班時間，所以還是下不了樓就是了。以我來說，我隨時都上得去。因為四樓以上沒有任何人看著。』

意思是說上樓不是難事。

『欸，只是從高樓遠望整座京城而已，應該不會有什麼問題吧？』

「……」

隨著素貞的話語落下，說不上來是甜是苦的香味也飄散而來。里樹雖然也想看看那景觀，卻仍然躊躇不決。

「我這兒有個侍女。我一不見人影，馬上就會被她發現的。」

『妳沒有把我的事情告訴那位侍女，對吧？妳為什麼要瞞著她呢？』

問里樹為什麼，她很難回答。只是覺得不知該如何解釋來自天花板的聲音，又怕河南會反對她同素貞說話。

『因為她會告我的狀？那個侍女不是都丟下里樹一個人，跑到塔外去嗎？』

素貞所言雖讓里樹打了個寒噤，但她無法出言否定。

如今里樹身邊只有侍女長河南一人伺候，她明白河南無法一整天陪在自己身邊。可是，此時此刻，河南會不會是放著里樹不管，在外頭散心透氣？此種念頭無意間閃過腦海，她急忙搖頭否定。

「她不會那樣的。」

『這樣呀。說得也是，那位侍女不可能會狠心丟下里樹的。』

素貞或許是顧慮到里樹的心情，回話時也收回了方才的話語。

『可是，我想讓里樹看看從樓上俯瞰的景色。所以只要妳想，隨時都可以過來喔。妳就放侍女半天的假也不會怎樣吧？看守離開的時段是——』

里樹低著頭，聽素貞說完了時段。然後，素貞就收拾粥碗離開了。為了不讓河南發現，素貞體貼地拔掉了天花板上的管子。

「里樹娘娘，奴婢來遲了。」

伴隨著腳步聲，河南進了房間裡來。她雖然臉上微微冒汗，但不知什麼時候似乎換了衣服，繫著不同的衣帶。

里樹嚐了嚐擺到桌上的早膳。她拿起調羹，將她不是很喜歡的海鮮粥送進嘴裡。

粥完全涼掉了，滿嘴像吃了漿糊般黏答答的。她只覺得粥黏，什麼味道也沒吃出來。

十五話　醜事　下篇

「我無法理解。」

對於砸下重金購得的書籍，貓貓只能給予如此評價。她想過也許是自己看漏了有趣的部分，為了不至於血本無歸還重讀了兩遍，但還是看不出個所以然來，於是從頭抄了一遍。

結果卻是如此。

「我無法理解。」

貓貓認為這已經無關乎有不有趣，而是感受性的問題。她試著拿給綠青館的娼妓們看看，結果大家爭相閱讀，看得是兩眼發亮。即使內容錯字連篇又有幾處明顯誤譯，卻似乎並未減損故事的魅力。

故事描述互相仇視的兩大家族，雙方女兒與兒子在宴會上邂逅。兩人雖就此一見鍾情，誰知男方與女方家裡的人起了口角，不慎殺死了對方。這件事成了禍端，使得兩家之間的爭執越演越烈，然而兩個當事人卻愛得狂烈如火，結為夫妻。

雖然一方面也是因為翻譯文字有些生硬，但兩個主角在青澀情意的推動下行事的態度實在令貓貓無法理解。看到兩人最後因為計畫傳達有誤而殞命，貓貓認為他們行事應該要更有計畫，徹底做到報告、聯繫與商量的三步驟。

她把此種想法告訴那些看過故事的娼妓，結果……

「妳不懂啦，這就表示他們的愛戀就是如此熾熱啊！」

娼妓手握拳頭熱烈地論述，還說：

「跟妳說，所謂的悲劇呀，就是要有這種上天作弄的誤會才耀眼啦！」

娼妓搖晃著貓貓的肩膀說。

真是一點都無法理解。

里樹妃抄寫的就是這本書，不曉得她對這話本是否也心有所感？

貓貓已經將關於此書的事報與壬氏知道。此時貓貓手邊的這本，是她花一晚上抄寫下來的。雖然沒有插畫等等，但簡單地穿線成冊後倒也有點像本書。只是因為她找趙迂幫忙，紙張大小形狀參差不齊，有種樸拙的趣味。

「我都說了願意給妳畫插畫了。」

「下次再請你畫，總之你先把紙切整齊點再說。」

貓貓就這樣跟趙迂閒扯淡，等了又等，里樹妃的事情卻毫無進展。豈止此事沒有進展，就連其他問題也幾乎停滯不前。

因此一些造訪煙花巷的貴客在與娼妓相會前，總會上門求購。這是因為鹿茸的藥效能讓各位官人變得像是一尾活龍。

有這麼大一枝角，不知道能做出多少藥來。

（首先燒熱水，殺蟲凝血……）

就在貓貓一邊幻想，一邊神情恍惚地輕撫著鹿茸時，從旁伸出一隻大手擋住了她。那隻手把鹿茸用布蓋住，從貓貓面前搶了去。

（別來壞我的好事！）

貓貓滿臉不悅地抬頭一看，一張久違了的容顏就在眼前。乍看之下是有如婉約天女的微笑，但一道傷疤劃過右頰，顯示出此人並不只是空有臉蛋。

「久疏問候了，壬總管。」

自從貓貓先從西都回京以來，可能有大約兩個月沒見到他了。雖然有書信往來，但都只是公事聯繫，來到煙花巷的不是差役就是馬閃。

可能是這陣子天氣悶熱的關係，那輪廓看起來添了點銳角。或許是瘦了。

「總管夜裡有好好安睡嗎？」

別看他這外貌，這位至尊至貴之人其實是個勞碌命，總是給貓貓一種勞神過度而精神不濟的印象。

「劈頭就問這個？還有，妳這隻手伸過來做什麼？」

壬氏用他平素那種傻眼的口吻說話，看向貓貓的手。貓貓的指尖緊緊拉著包起鹿茸的布，不肯放開鹿茸。

「小女子以為總管要賜給我。」

「孤本來是有此打算。」

「那就請賜與小女子。」

「不知怎地又不想給了。」

怎麼這樣折騰人？貓貓用兩隻手拉扯那塊布。壬氏好像看她越焦急越要逗，把鹿茸舉到了頭頂上。貓貓兩腳直蹦跳，但身高差了將近一尺，想也知道搆不著。

（這死傢伙！）

貓貓雖心裡咒罵，但也稍稍放了心。因為這你來我往的動作，跟以往的兩人並無不同。

豈料——

蹦蹦跳跳的身體一個傾斜，倒了下去。貓貓一瞬間看見天花板，接著壬氏的臉出現擋住了它。與剛才那柔和的笑容截然不同，刀鋒般的銳利眼光射穿了貓貓。

原來是正在蹦跳之間，被壬氏勾住了腳摔一跤又被他抱住，才會變成如今這個狀態。

「……壬總管，請賜小女子鹿茸。」

碗盤的噹噹碰撞聲響起，然而桌上只有涼掉的粥或湯，有時候連配菜都少了幾樣。起初里樹還將用膳當成小小樂趣，但現在已經不在乎了。由於河南在看著，她會多少吃一點，但如今連一半都吃不下。也許是因為鎮日關在房裡，身子比待在後宮時更沒機會活動的關係。

「別待在房間的角落裡，娘娘不妨到更明亮點的地方來如何？」

這兒哪有什麼明亮的地方？只不過比起里樹待著的房間，隔壁房間在靠走廊處多裝了扇漏窗，好一點罷了。就算到了走廊上，在樓梯與樓梯間那一小段距離走走，又有什麼意義？

里樹搖搖晃晃地站了起來。

她感到疲懶無力。她拖著沉重的身子坐到椅子上，把湯匙探進幾乎凝成一坨，有如漿糊的粥裡。今日是白粥，雖然帶點鹹味但很淡。她想淋烏醋，卻發現沒附上。

「娘娘恕罪，奴婢似乎是忘了拿了。」

河南深深低頭賠罪，看起來滿心歉疚，但一身衣物卻與離開房間時不同。來到這裡之後不知過了幾天，里樹才發現她每次去取膳食時都會換衣服。而且為了不讓里樹發覺，都穿著花紋相同或類似的衣服。

里樹的疑心一天天加重。

里樹之所以會待在這裡，是被她抄書贈送的那個下女害的。唆使那個下女的人，恐怕就是前侍女長。里樹以前還以為這兩人都在盡心服侍她。

真要說起來，河南以前也曾跟其他侍女一起愚弄里樹。自從過去在遊園會發生過毒殺未遂的事後，河南對里樹說她已經洗心革面。後來她對里樹總是關懷備至，這讓里樹好高興，於是硬是將她從試毒侍女拔擢成了侍女長。

可是，她真的是為了里樹才那麼做的嗎？

縱然當上了侍女長，河南的權力依然有限，也常常受到其他侍女的輕視。即使如此，里樹以為她仍然為了自己盡心盡力。

真是如此嗎？

她會不會在背後跟其他侍女通同一氣，取笑里樹？會不會是假裝親切地為里樹出主意，其實是拿來當話柄取笑？

那是不可能的。否則，她何必跟著里樹一起進塔？

里樹拚命否定，此種想法卻逐漸侵蝕她的頭腦。她不能搖頭，只好將湯匙送進嘴裡。

喀滋一聲，她咬到了一個硬物。

里樹把嘴裡的東西吐到手絹上。在帶有血絲的米粒之中，夾雜了小指指尖大小的石子。

「里樹娘娘！」

河南神色驚慌地湊過來關心里樹。也許沙子會偶然掉進粥裡，但以沙粒來說太大顆了。

里樹兩眼無神地用湯匙把粥攪拌了一下。

「里樹娘娘……」
「妳出去，別再回來了！」
里樹用力拍打牆壁，一邊跺腳一邊吼叫。她不想這樣做，嘴裡冒出的卻盡是這種話。
「請娘娘恕罪，奴婢去換了衣服再回來。」
河南一邊歉疚地看著一片狼藉的房間，一邊離開了。
直到聽不見河南的腳步聲，里樹才雙腿虛軟地坐到了地板上，淚水盈眶地看著天花板。
她並不想這麼做，不知道自己怎麼會做出這種事來。可是，她怕不攻擊別人，就會再次遭受別人攻擊。此種不安竟然讓她拿河南出氣。
里樹的臉此時想必扭曲得不能見人。她很想放聲大哭，但在這種地方哭可能會引來旁人。她緊緊抱住膝蓋。
『里樹，里樹。』
隔壁房間傳來了聲音。天花板上冒出一根管子，素貞對里樹說話了。她耳朵靈，剛才那丟臉的場面想必全被她聽見了。
『怎麼了？妳那侍女好像出去了。』
「沒什麼。」
里樹移動到隔壁房間，又在五斗櫃前坐了下來。甜中帶苦的氣味讓她心靈平靜，素貞模糊不清的聲音令她心情安詳。

不知她究竟是個什麼樣的姑娘。

『我跟妳說，里樹。』

「什麼事？」

『看守很快就要下樓了，妳要不要上來？』

她的聲調甜如蜜糖。

平素的里樹即使猶豫，但仍會拒絕。然而，此時的里樹沒有那份多餘心力。

她沒有理由回絕素貞的邀請。

里樹聽見了腳步聲。她將耳朵貼在門上，等著下樓過來的人走遠。心臟怦咚怦咚地響，她一邊擔心這聲響會被走過的看守聽見，一邊憋住呼吸。她現在就算發出聲音，看守也不會起任何疑心，但里樹接下來要做的事情，造成她的情緒極度緊張。

先是聽見那人下樓的聲響，然後是開門關門的聲音。里樹一面按住狂跳的心臟，一面走出了房間。

里樹雙手拎著鞋子以免發出腳步聲，悄悄走在走廊上。她一步一步踏穩樓梯，打開門。開門時動作很慢，以免發出聲響。

看到馬閃懊惱的模樣，壬氏說：
「你是我的輔臣。你明白這是什麼意思吧？」
「……」
「我要你考慮到最糟的狀況，採取行動。這事只有你能辦到。」
壬氏如此說完，就往塔裡走去了。
（還真是夠信賴他的。）
姑且不論壬氏的做法是否為上上策，貓貓認為這是最穩妥的判斷。而貓貓也只能盡自己所能。
馬閃一副憂愁煩惱的表情。然後他把附近的官員叫來，開始做些指示。聽起來他似乎是要官員盡量收集大量被褥，但從那麼高的地方摔下來恐怕沒有幫助。
貓貓只能做貓貓能做的事。
「里樹妃還有沒有其他異狀？」
貓貓一邊替癱坐在地的侍女長摸摸背，一邊說了。
她臉頰上的傷，說不定是里樹妃爆發怒氣時傷到的。即使是文靜乖巧的娘娘，一旦開始疑心生暗鬼，或許也難免找人亂發脾氣。
「我不知道那能不能算是異狀，不過這陣子以來，娘娘似乎總是在注意天花板。我本來還以為是因為天花板上有洞，讓娘娘心裡介意。」

莫非是樓上的什麼東西讓她在意？畢竟她都像那樣爬到最高樓層了。

「樓上似乎也關過人。房間裡悶著股怪味，也可能是從樓上飄來的。」

「怪味？」

「是呀。似乎是香料，但我從來沒聞過。我不是很喜歡那味道，但里樹娘娘似乎很喜歡，常常在味道較重的地方長坐不動。」

貓貓偏頭不解的同時，改為看向衛兵。

「請問那塔裡是否還關過別人？」

對於此一問題，衛兵們面面相覷，露出不知該說什麼才好的表情。看那神情就知道他們知情，只是不能說。

「還關過別人嗎！」

貓貓加重語尾的口氣一說，竟從另一處得到了回應。

「不是關過，是正關著。」

捲毛眼鏡的算盤男，把地面踩得喳喳作響走近過來。

「我不是吩咐過假如有別人要關進來，盡量讓雙方離遠點嗎？」

羅半語氣略帶責備地對衛兵說道。

「請大人見諒。只因塔樓年久失修，較高的樓層無法使用。」
「我也沒想到會有其他人被關進來，而且還是嬪妃。」
羅半聳聳肩說了。
「這是怎麼回事？」
「還能是怎麼回事，是我請他們這麼做的，免得影響兩國交好。」
「兩國交好？」
貓貓不懂這話什麼意思。怎麼會說到邦交去了？
「我不是說過，要妳來參加與西方美女的會談嗎？就是那美女拜託我的。」
「你說的美女，難道是那個西方使節！」
「嗓門太大了。」
羅半摀住貓貓的嘴。
衛兵們似乎並未聽見，但侍女長起了反應。
「西方使節……對了……」
「怎麼了嗎？」
「沒有，只是妳剛才問我，里樹娘娘的身邊有無發生過什麼異狀對吧。我想起了一件事……」

「什麼事！」
貓貓好像要咬人似的抓住侍女長的肩膀。
「有一個侍女讓鳥逃走了。是使節贈與娘娘的白鳥。」
「鳥？不是鏡子嗎？」
貓貓記得使節向各位上級妃獻上過大鏡子。難道給的不是那個？
「是，鏡子也有，不過使節以里樹妃為最年少的娘娘為由，另外贈送了一對雌雄白鳥，說是以此安慰娘娘離開爹娘身邊的寂寞之情。」
「雌雄白鳥？」
「正是。里樹娘娘碰到動物的毛皮或羽毛會打噴嚏，因此極少賞玩此鳥，雖然覺得過意不去，但幾乎都是讓下女照料牠們。日前里樹娘娘離宮時，下女先是讓一隻逃走，接著又不慎讓另一隻也逃走……」
（鳥……逃走？）
貓貓就快從這點聯想到什麼了。她拚命搜遍記憶的每個角落，想找出答案。
（難道是……）
「那鳥是不是鴿子？」
「或許是鴿子。我沒見過活鴿子所以不知道，但好像有聽過牠們咕咕叫。」

鴿子有歸巢本能。

而貓貓聽說過，里樹妃抄寫的話本是偽裝成了細繩。可是，假如其實是綁在鴿子腳上的話……

另外還有一點。

「去年夏天，與西方使節一行人宴飲的時候，妳們有沒有跟他們聊過些什麼？不是兩位使節本人，是跟她們的隨從等等。」

「……經妳這麼一說……」

『西方的官人出手大方，真有風範。』

侍女們當中，似乎有人說過這樣的話。

（太疏忽了。）

貓貓還以為那話本必定是商隊的商品。來自西方的賓客比其他人早一步拿到翻譯本，並不是什麼奇怪的事。

兩位使節參加去年宴會的目的，本來就是要向皇帝與皇弟毛遂自薦。她們事前為了刺探內幕而找宮女們說話並不奇怪，而挑其中最有機可乘的人下手也是理所當然。

對方在探聽底細時一旦認為里樹妃最好下手，就能夠解釋這位娘娘遭到集中謀害的理由了。

到。

（被擺了一道。）

畢竟那些人與子字一族的案情分明脫不了關係，都還能一臉若無其事了。真該早點察覺到。

不過，現在沒那閒工夫去後悔。

「羅半，所以現在關在那塔裡的是誰？」

「……」

羅半靠近貓貓，向她耳語。一聽到那名字，貓貓全身頓時大噴冷汗。

「白仙女。」

竟然偏偏是那個人。然後，娘娘房間裡飄散的氣味也讓貓貓掛心。白仙女對藥品知之甚詳，很有可能在香料中混入降低人判斷力的成分。

貓貓一把推開身旁的羅半，趕往塔樓。馬閃已經不見人影，想必是照壬氏所說，為了預防最糟的狀況而正在採取行動吧。

不，現在那些都無關緊要。

當務之急是趕緊為里樹妃診治。

貓貓不理會愣住的衛兵們，逕自進入塔內。走廊、樓梯、走廊、樓梯；貓貓一邊對讓人頭暈眼花的構造感到煩不勝煩，一邊往裡頭走。她按住昏沉沉的腦袋，得知自己已經到了最高一層，因為有幾名男子站在那兒。

壬氏站在敞開的門前。在他前方，兩眼無神的里樹妃就待在露臺上。壬氏鎮定地正在說話。露臺破破爛爛，若是里樹妃的輕盈體重還支撐得住，但壬氏一踩上去恐怕就要塌陷了。

正因為如此，貓貓希望能用勸的把她勸回來，但是……

「……過來……別過來。」

里樹妃不曉得看見了什麼。她只是微微搖頭，神情流露出恐懼。

在她眼前的，應是她仰慕已久的俊美公子才是，她卻面露彷彿看見鬼怪的驚怖表情。

無論是何等美貌，此時都進不了她的眼睛。恐怕是看見了某些幻覺。

「娘娘。」

即使如此，壬氏仍溫柔地對她說話以免刺激到她。壬氏的做法沒有錯，只要繼續講下去，等里樹妃恢復理智就成了。

貓貓悄悄站到壬氏的背後。以壬氏的體重很難站到露臺上。假如要繼續往前走，讓貓貓去比較合適。

「我去。」

「喂，等等！」

貓貓甩開了壬氏的手。

坦白講，她不想這麼做。站在這麼危險的地方，要是地板塌了怎麼辦？這個嬪妃幹麼待在這麼麻煩的地方？

貓貓滿腦子怨言。但她卻像個傻子，做出不考慮後果的行為。

反正都幫忙了，就幫到底吧。既然自己已經來到這裡，就一定要救到里樹妃。此種念頭在她心中萌芽。

「娘娘，阿多娘娘在等您呢。」

現在搬出家人的名字只會適得其反，就連壬氏都把她嚇成這樣了。貓貓說出現在最能讓嬪妃安心的人物之名。

「阿多……娘娘？」

嬪妃有了反應，身體動了一下。看起來並不害怕這個名字。

「是，娘娘很快就過來了。換件衣裳等娘娘來吧。」

貓貓不直接說「妳回來」。她只希望里樹妃從那露臺移動到這邊。

只要她能恢復平靜，回來他們這邊——

但事情沒那麼簡單。

一股甜中帶苦的氣味，飄進了貓貓的鼻子。

那人不發出一點腳步聲，逕自走過貓貓身邊。她的動作太過自然，讓任何人都反應不及。宛如一陣風吹過，沒人察覺到白色姑娘的存在。第一個注意到她的是壬氏，他試著阻止姑娘靠近嬪妃。

「啊哈哈哈哈哈！」

鳥禽尖鳴般的笑聲迴盪四下。那姑娘根本沒做什麼，只是大笑罷了。只不過是瞇起紅色雙眸，像野獸鳴噪一樣大笑罷了。

貓貓一陣毛骨悚然。然後，她反射性地伸手去抓里樹妃。

但是，太遲了。

這麼一點小事，已足以誘發里樹妃的動搖。嬪妃臉孔歪扭，身體靠到了後方的欄杆上。女子的尖銳笑聲，不知煽起了嬪妃多大的恐懼。

腐朽的欄杆連她那纖細的身子都支撐不住，里樹妃就這樣摔落空無一物的半空中。

貓貓踩到了露臺上，卻踏穿了地面木板，自己也向下墜落。她全身感受到一股強風撲來，但就在下一刻，腹部產生了一種壓迫感。

「住手！」

千鈞一髮之際，貓貓讓壬氏捉住了。她被捉住，卻沒能捉到別人。

貓貓被拉起時手上空無一物，里樹妃不在她的懷裡。

這下就一了百了了。

里樹在笑。下墜的身體想必很快就會撞上地面，然後進入永眠。

朦朧的景色逐漸變得鮮明。在崩壞倒塌的露臺上，可以看到藥舖姑娘那總是冰冰冷冷的臉孔。喔，里樹感覺剛才有人在跟自己說話，現在才知道原來是她。

既然無人關愛，不被需要又只會礙事的話，或許還是消失了好。

如此就不用再被人取笑、羞辱與蔑視，也不用再被人用壞心眼的笑臉瞧不起了。只是，她覺得墜落到地面的時間異樣地漫長。說不定她還真的長出了翅膀，像鳥兒一樣飛行。不過，這種空想還是作罷吧，回到現實時只會徒增傷悲。

就在里樹想闔起眼睛，靜待最後一刻來臨時……

「娘娘！」

她聽見了聲音。那聲音似曾相識，是誰？她不經意地將臉轉去看看。

只見層層重疊的屋頂上，站著一名男子。男子已經成年，但不到該蓄鬍的年紀，還是位青年。他那略顯心浮氣躁的眉宇留存在里樹的記憶裡。

他正是在西都宴飲之時，擊退獅子救了里樹的青年。

里樹一直未能向他致謝。她好幾次想開口卻做不到，於是打算找一日寫信表示謝意。如今想想，幸好她沒寫信。要是連他都蒙受不白之冤，會讓里樹過意不去。

只是雖然為時已晚，但里樹至少希望能道聲謝。她張開嘴，雖不知道對方能否聽見，但好歹能簡單說聲「謝謝」。

然而，就在里樹啟唇之前，他竟做出了令人不敢相信的事來。

青年在屋頂上奔跑。老舊的屋瓦破裂，碎片一陣彈跳。青年在這種立足處上猛力一蹬，跳了起來。不只跳了起來，還捉住了里樹。

他這是做什麼？

怎麼做出這種傻事？

從這麼高的地方摔下去，誰都會一命嗚呼。縱然是經過鍛鍊的武人，兩人份的體重一併砸在地上也別想活命。但這個青年卻用他的雙手，把里樹抱在懷裡。

他為何要抱住一無可取的里樹？明明毫無意義，只會兩人共赴黃泉。

拜託別這樣，他為何要這麼做？

里樹淚水盈眶。但青年絲毫不體諒里樹的這份心情，笨拙地笑了。

然後——

只聽見激烈的「嘎茲」一聲，青年的左腳勾到了下面樓層的屋頂。但也只有一瞬間，兩人的身體隨即繼續墜落。青年的左腳晃盪著彎向了奇怪的方向。

「不……」

她想說「不要這樣」卻沒能說完，因為青年先以完好如初的右腳踢踹了屋頂。這一腳不知道施了多大力道，瓦片四處飛散。

啪沙一聲，他們撞進了一團綠叢。里樹聞到一股青澀的樹葉味。原來他們是撞進了位於塔旁的一棵大樹上。青年一手抱著里樹，接著抓住樹枝。但正想抓住之時，兩人份的體重使得速度過猛，手支撐不住而鬆開。青年嘖了一聲，指甲在樹幹上一路搔刮。

伴隨著一陣空氣飽滿的衝擊，墜落戛然而止。

雖然有衝擊卻不覺得痛。里樹的身體並未摔到地上，青年的身體就在她底下，保護了里樹。青年身體底下疊了好幾條被褥。一看，被褥鋪滿了相當大的範圍。

青年兩腳骨折，左手指甲削得一片血紅。雖然是摔在被褥上，但憑這麼點厚度，他背部想必也撞傷了。

青年可說體無完膚。然而他的臉龐，卻浮現著笨拙的笑顏。

「……為什麼？」

為什麼要救我，為什麼不肯讓我走？里樹連講這些話的多餘心力都沒有。她只是面對挺身守護自己的人，不知該作何反應。

青年唯一完好如初的右手不知為何在發抖。它一邊發抖，一邊慢慢離開里樹的身子。

「娘娘有沒有受傷？」

「為什麼……」

里樹再也說不出話來了。只有這個滿身是傷的青年笑容，占滿她漸漸在淚水中暈開的視野。

「有沒有哪裡會痛？」

不對，里樹並不是痛得哭了出來。她搖頭否定。

「請娘娘恕罪。由於情況緊急，一身邋遢樣來不及打理。」

不對，里樹才不在意那種事。

「微臣有留心控制力道，但如果仍在娘娘身上留了瘀青，請娘娘責罰。」

「……」

他為什麼要說這種話？擁抱里樹的臂彎強而有力，卻無限溫柔。哪裡有責罰的必要？

里樹不禁嗚咽出聲，讓青年慌了起來。別這樣，與其擔心里樹，還不如擔心自己的身體要緊。

「為什麼……你為什麼要救我這種人？」

一個有私通嫌疑的嬪妃，就連聖上也不會理睬。根本沒有捨命救她的必要。

「還請娘娘別妄自菲薄。微臣會出手相救，自然是認為娘娘該救。」
青年說著，伸出了沒受傷的右手。他羞赧地拭去了里樹滑落臉頰的淚珠。
「微臣希望娘娘能夠幸福，不過如此罷了。即使只是這點心願，對區區一個官吏而言是否也是奢望？」
青年輕描淡寫地說完，又笨拙地對著里樹笑了。
「……」
里樹嘴巴綿軟地歪扭起來。她幾乎沒上妝，眼睛腫脹，而且一定是滿臉通紅。她羞於讓這位青年看到這樣的一張臉。因為羞於見人，於是做出了更羞恥的行為。
「里樹……妃！」
里樹將臉埋進了青年的胸膛。
青年慌張起來。可能是因為慌張的關係，從他的胸膛可以聽見響亮的心跳聲。里樹覺得自己這樣做很不知羞恥。必須趁還沒被人瞧見前離開他才行，否則接著可能就換這位青年被懷疑與她私通了。換作平素的話，如此大膽的行動早已讓她心臟狂跳不休，頭昏眼花了。
的確，她脈搏很急。可是同時，她也感到心靈平靜。
依偎在帶有些微汗臭，卻又散發新綠芬芳的青年懷裡……
里樹只祈求這一刻，能盡量維持得久一點。

終話

「真是個痴傻的故事。」

貓貓隨手翻閱那本異國的悲戀故事。這是壬氏才剛還給她的原本。話雖如此，其實這也是抄本。

「是啊。」

前來還書的壬氏靠著櫃子，從窗縫眺望天空。

屋裡瀰漫著難以言喻的氣氛。即使屋裡只剩下兩人，此時的壬氏並未表現出前陣子的強勢。貓貓知道他沒那興致。

里樹妃……不，前嬪妃又得出家了。是皇上親自下的令。

「聖上想必也一直有他的想法。」

前嬪妃里樹的母親，與皇上以及阿多是故交。皇上可說將她的女兒視為己出，所以才會將里樹召回後宮，為的是盡量讓她過得幸福。

想讓她過得幸福卻事與願違，世事真是不如人意。侍女或異母姊姊等人就從那時開始欺負她，而由於她坐上了上級妃的位子，甚至使得一些人要她的命。

皇上此番將里樹幽閉於塔內是出於好意，擔心有人要她的命。前侍女長說得明白點，就是打算易主。可能是西方女使節已經跟她提過了此事，於是她認為繼續侍奉里樹也沒有前途，才會使用鴿子與對方聯繫。整個計畫中，就用到了那封情書。

然而，里樹竟然偏偏與白娘娘被關在一起，只能說她實在歹命。貓貓懷疑她或許真的是天生桃花薄命。

里樹待在塔裡時看到了奇怪的幻覺，原因出在那氣味甜中帶苦的香料。它與白娘娘身上飄散的是同一種氣味。白娘娘在入塔時受過搜身，但沒搜到什麼；貓貓親自搜那白姑娘的身，才發現她牙齒上掛了條線。她原本要將線咬斷，但貓貓硬是撬開她的嘴把線一拉，拉出了一包香料。

這姑娘都敢喝水銀了，在胃裡藏一包香料不過是雕蟲小技。

假如里樹長期嗅聞那種香料，恐怕已有危險了。不過醫官羅門說目前這個階段還沒有大礙，讓貓貓姑且放了心。以里樹來說，她天生體質就很容易讓這類藥物生效，這又是她的一個不幸之處。

「身為嬪妃，卻引發這般騷動。」

皇上無法不懲處引發事端的嬪妃，結果只得命她出家。只是在下此判斷之前，皇上召來貓貓問了兩個問題。

「世人的謠言能維持多久？」

貓貓回答七十五日，但皇上搖頭表示那樣保不住面子。

另一個是……

「假設能給里樹找個如意郎君，妳認為何種人適合她？」

給人的感覺簡直像在探聽女兒的交往對象。連別人家生的里樹都這樣了，等輪到親女兒鈴麗公主的時候不知會怎樣。皇上一定把公主當成了心頭肉。

一時之間，貓貓想起了某位右頰帶傷的人物，但決定不說出口。搞不好這次就不是勒喉，而是砍頭了。

「小女子無從得知，不過對於某位雙腿骨折、一手指甲盡數剝落，還外加肩膀脫臼的人，皇上或許可以有所褒賞。」

這次在所有人當中，傷得最重的當屬馬閃。若不是有那個男人在，里樹早已變成一顆砸爛的柿子了。

馬閃知道光只是蒐集大量被褥還不足以接住里樹，於是換了個方法。據說他不把被褥集中於一處，而是擴大了接住的範圍。接著他又以自身為肉墊，承受了被褥不足以吸收的所有衝擊力道。

貓貓認為壬氏是個受虐狂，但馬閃搞不好還在他之上。壬氏曰：「他是痛覺比別人輕微。」但貓貓還是覺得有點超過限度。

不過貓貓只能說，當時能夠救里樹妃的，唯有馬閃一人。

她若是把這話去跟煙花巷的娼妓們說，她們八成會兩眼發亮叫道：「真是天賜良緣！」

而貓貓以為里樹在男子面前會含羞心怯，誰知她卻靠在馬閃的胸前啜泣。貓貓可沒木訥到連這代表什麼意思都不懂。壬氏屏退旁人，慢慢等里樹哭完。雖然因此使得馬閃治療延遲，但當事人搞不好其實高興得很。

里樹將在寺廟靜修**一年**，然後褫奪嬪妃之位送回娘家。不過，娘家不用受罰。

至於馬閃，據說皇上答應他想要**任何**賞賜儘管開口。不限是物是人，馬閃可以在皇上准許的範圍內選擇想要的賞賜。而且皇上說這麼大的褒賞，一時半刻想必決定不來，於是給了他一段時日考慮，期間同樣也是**一年**。

貓貓原本以為故事中那種年輕男女一見鍾情的邂逅不可能成真，如今目睹這種狀況不禁面露苦笑。雖然苦笑，但也覺得沒什麼不好。

於是，她重讀了一遍那個悲戀故事，結果還是不服氣。

只是，也不是所有事情都圓滿收場。

那位西方的女使節，請朝廷保全白娘娘的性命。她說的可是朝廷欽犯。

她的理由是……

「因為她是姶良的手下。」

姶良就是另一名女使節，也就是與子字一族做過突火槍交易的那一個。而且據說至今的所有騷亂，幕後主使全是那個女人。

豈止如此，女使節還講出了更大膽的話來。之前她拿貿易或庇護兩個選項逼朝廷從中擇一，意想不到的是她如今選了後者。熱中於栽培甘藷的羅半肯定吃了一驚。

而名義上雖是尋求庇護，但她提出的方法卻是：

「我不要求成為上級妃，只要能賜我中級之位便心滿意足。」

她竟然堂而皇之地要求入宮。雖然比起尋求庇護，這方法肯定要來得穩妥多了。

（不知道有幾分真假。）

貓貓不知道。她很想把那方面的事都忘了，放空心情睡個午覺。然而只要壬氏在就別想了，貓貓希望他能早早離去。

至於壬氏也是，似乎還無意回宮。雖然沒露骨地對貓貓動手動腳，但腦子裡似乎有很多想法。

「這是何物？」

壬氏拿起一本歪七扭八的書籍。似乎即使是壬氏，也看不出這本字體有如蚯蚓乾的書是什麼東西。

「總管猜這是什麼？」

「……圍棋書嗎？」

壬氏雖偏著頭，但看到書上成排的歪扭黑白圓點後說了。

「莫非是軍師閣下的？」

「正是。」

這是羅半拿來當成提供女使節消息的代價，說是貓貓一定認識印坊。

（不知道人家會不會承接這事。）

畢竟貓貓之前強行買下了刷印用的原本，就算人家願意承接，也得先讀懂內容才行，這是最麻煩的地方。換作平素的話貓貓才不理這事，早就把書塞還給羅半了；但不可思議的是，貓貓竟然收下了這本字體醜到看了就討厭的書。

壬氏露出大感意外的表情。貓貓用鼻子哼了一聲，意思是「不用在意」，露出一種雨季時看著衣服晾不乾的眼神。

不知道這樣的對話能持續到幾時？希望能永遠這麼下去。

還有，拜託別再來搔貓貓的腳底了。貓貓希望壬氏別那樣，因此坐下時把腳尖藏好不給他看到。

壬氏可能是注意到貓貓這個舉動了，臉上浮現些許從容自在的笑容。真教人生氣。

就在貓貓試著用視線趕他走時，有人把門打開了。

「唷，小哥。」

趙迂來了。壬氏點個頭，只舉起右手跟他打個招呼。

趙迂也不管藥舖裡地方窄，跨著大步走進來。貓貓正不知道他想幹麼，趙迂卻忽然用指尖在她的背上輕輕滑了一下。貓貓起了一身雞皮疙瘩。

「小哥你知道嗎？麻子臉最怕人家用手指頭在她背上滑過了。很有意思吧？」

為什麼要挑這種時候揭她這種底？貓貓伸出手去想賞趙迂一拳，但被他溜掉了。

「這樣啊。」

壬氏咧嘴一笑。然後他從懷裡掏出荷包，塞了些碎銀子到趙迂手裡。以小娃兒的零用錢來說太多了。

「咦？幹麼？小哥，你這是怎麼啦？」

「可以幫我去跑個腿嗎？這樣吧，你慢慢來沒關係。」

貓貓目瞪口呆。

「哦！小哥，你這人果然豪氣！」

「慢慢來沒關係喔。」

壬氏也夠惡劣，居然講出這種話來。
「趙迂！」
壞小子好像覺得久留無用，離開了藥鋪。
貓貓探出身子想去追他，背上傳來的感觸卻令她連連抖了幾下。
「壬、壬總管……」
「哦，還真的管用啊。」
壬氏面露威風得意的笑容。
「上次那筆帳，我還沒跟妳算清呢。」
青年如此說道，臉上帶著淘氣異常的神情。

《藥師少女的獨語 7》待續

國家圖書館出版品預行編目資料

藥師少女的獨語 / 日向夏作 ; 可倫譯. -- 初版. -- 臺北市 : 臺灣角川, 2020.03-
冊 ; 公分. -- (Kadokawa fantastic novels)

譯自 : 薬屋のひとりごと
ISBN 978-957-743-632-0(第5冊 : 平裝). --
ISBN 978-957-743-762-4(第6冊 : 平裝)

861.57 109000721

Kadokawa
Fantastic
Novels

藥師少女的獨語 6

（原著名：薬屋のひとりごと 6）

2020年5月7日　初版第1刷發行
2024年3月15日　初版第6刷發行

作　者：日向夏
插　畫：しのとうこ
譯　者：可倫

發行人：台灣角川股份有限公司
總　監：呂慧君
總編輯：蔡佩芬
主　編：林秀儒
編　輯：邱瓈萱
設計指導：陳晞叡
美術設計：吳佳昀
印　務：李明修（主任）、張加恩（主任）、張凱棋

發行所：台灣角川股份有限公司
地　址：104台北市中山區松江路223號3樓
電　話：（02）2515-3000
傳　真：（02）2515-0033
網　址：www.kadokawa.com.tw
劃撥帳戶：台灣角川股份有限公司
劃撥帳號：19487412
法律顧問：有澤法律事務所
製　版：巨茂科技印刷有限公司
ISBN：978-957-743-762-4